COLLECTION FOLIO

Pierre Drieu la Rochelle

Journal d'un homme trompé

ÉDITION DÉFINITIVE

Gallimard

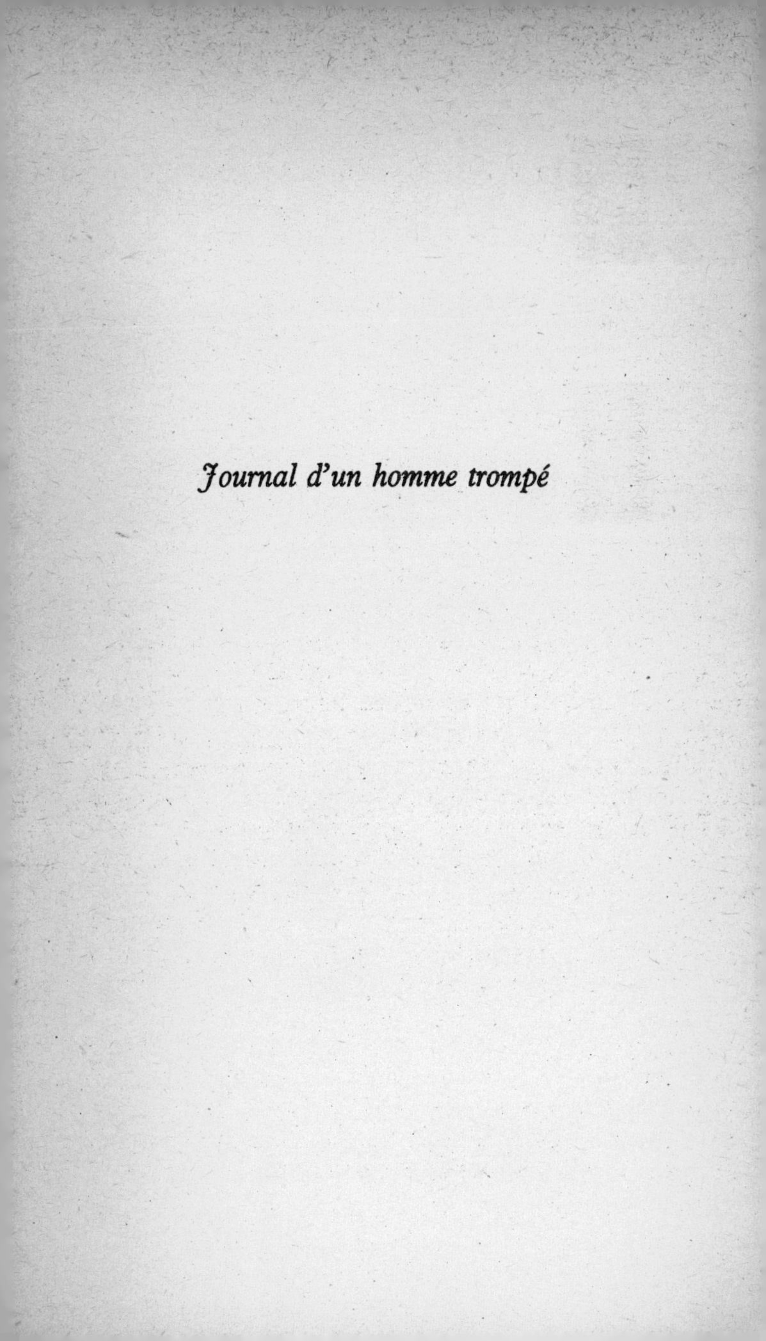

Journal d'un homme trompé

1er juillet.

Je pars (écrit le 9 juillet).

10 juillet.

Je voyage.
J'ai chaud. Torpeur. Bien-être.
Ni passé, ni avenir.
J'oublie les autres et moi-même.

11 juillet.

Je vais sans but.
Personne ne sait où je suis.
Je suis seul. Je suis une pierre qui roule et qui se dépouille de sa mousse.

12 juillet.

Je mange à peine, je ne bois que de l'eau. Je vais presque nu, je m'épure par de longs flots de sueur. Je ne fume plus de cigarettes ; deux ou trois cigares infiniment longs.

Un homme libre : fantôme qui glisse dans la foule. Mince, bien mince.

13 juillet.

Sans argent, pas de voyage, pas de liberté. J'ai de l'argent.

Des choses habituelles de ma vie, je n'ai plus que le tabac. Plus de femmes, plus d'hommes. Mais soleil, ombre, eaux, pierres, dans un pays où je suis seul, deviennent mes biens particuliers.

14 juillet.

Je suis maigre. Ces vêtements lâches, légers. Je sue moins, donc je commence à être pur.

J'ai quarante ans, mais je n'ai pas de ventre.

Personne ne se soucie de savoir où je suis.

15 juillet.

De six heures à onze heures du soir, je roule d'une ville à l'autre. Puis je me promène dans les rues jusqu'à quatre heures, jusqu'au matin.

Je me fous de l'histoire, des églises et des palais. Il n'y a du moins que des façades qui sont les décors fugitifs de la rêverie. Et des passants.

16 juillet.

Ce peuple est tout entier complice de ma rêverie. Muet, il respecte la paix de mes entrailles.

17 juillet.

Je suis bien tranquille au milieu de ces femmes. Je n'aime pas les brunes.

Sans argent, je n'aurais pas le soleil, ni l'ombre. Ma solitude est faite pour une grande part de mon argent. Cependant, pour un autre, cette monnaie de papier ne se changerait pas en l'unique pièce d'or de la solitude.

Et j'ai su faire de la pauvreté aussi une solitude. Était-ce une autre solitude ?

Ces soirées de Paris où je passais sans un sou dans ma poche devant les cinémas, les restaurants, les bordels, les maisons des femmes riches que j'avais eues ou que j'aurais pu avoir. J'avais faim et je laissais la faim lentement m'aiguiser. Le plus souvent vers minuit, j'en avais assez, je téléphonais (tiens ! mais j'avais donc quelques sous dans ma poche ?) à mes amis jusqu'à ce que j'en trouvasse un qui fût chez lui et me dît de venir puiser dans ses coffres. Quelquefois, je me suis couché sans avoir recouru à la communauté des biens et je jouissais vaniteusement de légères crampes.

Le lendemain, je travaillais un peu et rentrais dans la normale d'où je n'étais guère sorti.

18 juillet.

On dit qu'en Russie, ils ne savent plus ce que c'est que la jalousie. Je suis russe.

Je n'ai aucun besoin de faire l'amour. Il est vrai que j'ai quarante ans. La saison de l'amour, pour moi, c'est l'hiver : l'été je me repose. Autrefois, je supportais une chasteté de huit jours ; maintenant je dois me reposer un mois par an.

Ce n'est guère par mes sens que l'univers entre en moi : pas du tout d'odorat, l'oreille voilée, l'œil peu exercé. Je ne sais jamais de quelle couleur sont les yeux des femmes. Donc sous ce soleil, c'est plutôt d'un état moral que je jouis. Je me sens russe.

Depuis huit jours, je fais halte dans un village quelconque en Castille. Il n'y a rien dans ma chambre, rien dans le village : quelques meubles dans la chaux, quelques pans de mur parmi l'immense chaume desséché. Une humanité agricole en pantalons et en jupons. Ils ont rentré leur blé et ne foutent rien. Moi non plus.

21 juillet.

Quand Praline m'a dit que Jacques couchait avec Nelly…

23 juillet.

J'ai quitté le village castillan. Cette Beauce torride est idiote. Ce village était plein d'un phono qui rotait du gros vin.

Il y a la mémoire. La mousse incrustée dans la pierre.

24 juillet.

Cet individu bien isolé et sauf que, par moments (par moments seulement), je contemplais dans les yeux de Nelly, c'était un dieu. Étant dieu, je me faisais de la vie une idée facile : seul dans l'univers, pas de concurrence. Mais Praline m'a fait rentrer dans la foule.

25 juillet.

Dans la foule des amants de Nelly. On me marche sur les pieds. Comme je n'aime pas qu'on me marche sur les pieds, je me suis sauvé.

Je n'ai pas vieilli sur la question d'argent. Je jouis de cette somme que j'ai en ce moment, sans plus me soucier du lendemain qu'il y a vingt ans. Ces vingt mille francs, c'est une île enchantée d'où je ne sortirai jamais.

26 juillet.

J'ai été étonné de l'avertissement de Praline, et pourtant je m'étais dit à de certains moments que Nelly avait d'autres amants que moi.

D'abord, il y avait l'Autre — il est officiel — mais qu'en plus de l'Autre, il y en eût un second, c'était visible et je croyais le voir. Ces heures, qu'elle me refusait çà et là. Soudain, un mot de Praline a fait virer toutes ces plaques de mon imagination. Ce que j'ai dû être trompé dans ma vie : à quarante ans, c'est la première fois seulement que j'apprends une tromperie !

Ma souffrance, sous l'œil sadique de Praline, n'était pas faite de toutes ces tromperies probables qui m'auraient blessé secrètement, mais du sentiment que j'ai toujours eu de leur nécessité et qui, à l'occasion, éclatait.

27 juillet.

Je passe de la Castille en Andalousie. Je suis comme une armée de soudards sans emploi et qui commence à se ressentir d'une errance déjà longue. Nous avons des traînards, des blessés.

Un être ne peut se contenter d'un autre être. Donc aucun être n'est fidèle.

28 juillet.

Ce que j'ai écrit est un mot de cocu. Un cocu dit toujours des sottises solennelles.

L'amour peut être exclusif aussi longtemps que dure le prestige.

Je n'aime pas l'Andalousie. Facile oasis qui me fait regretter ma Beauce brûlante. Quelle idée d'être en Espagne quand je pourrais être dans le Caucase ou au Mexique. Mais je n'ai pas tellement d'argent.

Je n'ai pas lu un livre depuis des mois.

Le prestige, c'est énorme.

30 juillet.

Je me trouve insuffisant un jour sur deux. Alors, Nelly...

J'ai tellement méprisé les femmes qui se contentaient de moi.

31 juillet.

Le prestige. « On dit qu'il est beau, on dit qu'il est riche, on dit qu'il est fort... » La fidélité dure aussi longtemps que dure l'étonnement.

Mais quand on se retrouve à égalité...

Car, même si, pour une raison ou pour une autre, une femme m'aime, il arrive un jour où je lui ai donné tout ce que je pouvais lui donner. Bientôt elle va sentir le déséquilibre, qui engendre le mouvement.

Ne suis-je donc point inépuisable? Si, je suis inépuisable; mais dans mon for intérieur. Puis-je faire accéder un être jusque dans le saint des saints, là où moi-même j'entre si rarement? Si je suis riche, c'est de richesses qui ne sont pas celles que je sais donner aux femmes.

— Je lui donnais du plaisir, elle m'en donnait. Mais le plaisir est nombreux comme la foule.

Et Nelly, si elle est comme tout homme et toute femme sensible au prestige, elle y échappe plus tôt que d'autres, grâce à son terrible bon sens. Ce bon sens, c'est le sens de son corps.

— Je n'ai de ma vie, en vingt ans d'exercice, trompé une femme.

(Sauf une fois, Gloria, parce que son absence de jalousie me paraissait de l'indifférence : je n'ai jamais été aussi obtus qu'avec Gloria, qui m'aimait dans son fier silence de fataliste.)

Je m'aperçois aujourd'hui que c'était là de la magie : ne fais pas aux autres ce que tu ne veux pas qu'on te fasse. J'ai vécu dans la terreur d'être doublé, triplé. Alors, j'ai toujours pris le soin de ne rien savoir; je ne voulais pas entrer en contact avec la fatalité.

Et aussi je prenais les devants : je maintenais sans cesse toute femme qui m'aimait sous la menace d'être plaquée. Je m'étais fait une superbe réputation de lâcheur. On se défend comme on peut, la plupart du temps comme une bête.

Ce qui fait que j'ai toujours pensé que Don Juan était un froussard.

— Au moment où une femme jouit dans vos bras, on sent si bien qu'on n'est plus là, du moins en tant qu'individu, on est anéanti dans la rencontre des deux sexes, rencontre de foules.

Pourtant, au début : « Mon chéri, toi, toi... » Oui, mais à la fin... Quand elle se réveille, elle se dépêche de vous reconnaître.

1er août.

Relu les dernières lignes d'hier. Moi, la souffrance me rend bête.

La souffrance, tiens, tiens.

Comment puis-je dire cela des femmes, quand il y a eu Rosita.

Nelly ne m'a pas aimé, mais Rosita m'a aimé. Au moment de l'amour, mon âme s'engraissait de son âme, et je l'habitais comme une bête habite un bois. Quand elle rêvait tout haut, c'était de moi.

Il est vrai que Rosita était sous l'effet d'un prestige. Pour cette grue — la seule femme parfaitement honnête et généreuse que j'aie rencontrée, avec Gloria qui, elle, était une femme du monde — j'étais ur homme alors riche, jeune, qui d'une minute à l'autre pouvait l'abandonner et la laisser retomber à ses michets.

Quand même, elle m'aimait.

2 août.

Chaque fois que je rouvre ce carnet, je tombe sur une bêtise. « Le plaisir est nombreux comme la foule. » Va te faire lanlaire. Il y a donc tant d'hommes qui font jouir les femmes ?

Non, mais il suffit qu'il y en ait deux ou trois.

3 août.

Pour Nelly, le monde était trois. Trois hommes capables de lui donner cette impulsion dont elle savait si bien s'emparer.

Vais-je me mettre en colère, dire que Nelly est une brute ? Mais Muriel n'était pas une brute, cette puritaine dressée à distinguer les âmes les unes des autres, cette femme à qui j'avais livré mes derniers secrets — mes avant-derniers secrets — qui les avait acceptés, ne m'a-t-elle pas trompé ? Elle en a eu envie, ce qui suffit.

Comment voulez-vous qu'un individu qu'une fois pour toutes l'explosion passionnelle a fait sortir de soi aille se borner à un autre individu, et ne profite pas de sa sortie pour s'ébattre ?

4 août.

Nelly avait des journées bien remplies. Entre moi, Jacques et l'Autre. Par exemple, le dernier dimanche de juin, elle a quitté l'Autre à midi, elle a déjeuné avec Jacques, puis elle s'est couchée avec lui. Jusqu'à cinq heures et demie. A six heures, elle était chez moi jusqu'à huit heures et demie. Elle a dîné avec l'Autre et passé la nuit chez lui.

5 août.

Elle me disait des mots tendres, à Jacques aussi, à l'Autre aussi. C'est surtout ça qui aurait dû la fatiguer.

J'entends Sophie qui me dit : « Mon cher Gille, vous croyez que toutes les femmes sont comme celles que vous connaissez. Votre Nelly est une grue ; voilà tout, mais toutes les femmes ne sont pas des grues. »

Sophie est une femme vertueuse. (Elle le nie, elle entre en fureur quand je le lui dis. Elle s'écrie : « J'aime mon amant, voilà tout. » Mais après quelques années, on sent bien que ce qui fut spontané devient appliqué. Elle ne veut pas perdre le droit d'être orgueilleuse. L'orgueil d'avoir connu un grand amour l'amuse encore et va sans doute la mener jusqu'au seuil de la vieillesse.)

Nelly, elle, cherche peut-être l'amour. Lui reprocherai-je de le chercher, si elle ne l'a pas trouvé ? Sophie l'a peut-être trouvé trop aisément.

Il y a dans chaque vie une saison de la connaissance. Peut-être est-ce la saison de la connaissance pour Nelly. Que sais-je de ses annales ?

6 août.

Les mots tendres qu'elle me disait, c'étaient ceux que je lui avais dits la veille. Qu'est-ce que cela prouve ? Tous, nous nous faisons écho les uns aux autres.

« Pour Nelly, il y avait trois hommes dans le monde : quelle foule ! » Pourquoi mettre en avant des chiffres, dans un domaine où il peut être question de qualité ? Nelly disait des mots tendres à chacun de nous, mais ce n'étaient pas les mêmes. Et les caresses pas plus que les mots n'étaient pareils avec l'un et avec l'autre. Comment additionner des choses dont chacune est aussi étrangère à l'autre que l'Asie à l'Afrique ?

Même si elle était la brute que me dénonce Sophie, même si elle ne demandait à l'un que d'ajouter en quantité à ce que l'autre lui avait déjà donné, et si elle revenait au premier pour encore allonger l'addition, elle aurait été obligée d'accepter et de reconnaître une différence. Alors s'il y a différence, il n'y a plus fatigue. Pourquoi Nelly serait-elle fatiguée ?

Mais Nelly cherche-t-elle l'amour ? Sait-elle ce que c'est ?

Les mots tendres qu'elle répétait. J'ai entendu beaucoup d'hommes et de femmes répéter ces mots. Quand je rencontre quelqu'un de plus vif que moi, c'est moi qui répète. Les femmes répètent plus ; mais ce n'est qu'une apparence. Si elles nous empruntent des mots, c'est que la seule langue usitée est celle des mâles.

Il n'en est pas moins vrai que je souffre.

Mais enfin, de quoi est-ce que je souffre ?

Du mensonge.

Nelly vit parce que Nelly ment. Pourtant l'homme, qui ne peut s'en passer pour vivre, ne croit pas qu'il soit né pour le mensonge.

... Notre sincérité. Il y a quelques années dans un dîner bourgeois où les « vieux ménages » et les « jeunes ménages » se mêlaient, je me taillais un petit succès en justifiant « notre génération » par son horreur du mensonge et son goût de la sincérité. Couillon triomphant, j'annonçais même la faillite de l'adultère.

Il est vrai qu'il y a une faible muflerie, un cynisme facile, un sadisme au petit pied qui s'assemblent à ce coup de sonnette : entrée de la sincérité ; mais cette sincérité marie-couche-toi-là est superficielle, sournoise, soucieuse de convenances, comme toutes les putains. On les connaît, nos gens sincères, après quelques années, ils sont devenus les pires hypocrites. « Je suis un maquereau », dit D..., ce qui lui permet de faire à la file trois mariages d'argent. « Je suis une nymphomane », dit A...e ; comme elle est laide, elle en profite pour demander la charité sans trop de honte.

Cependant, il y a en tous temps quelques délicats qui dédaignent de mentir, comme chose trop facile. Nelly n'a pas vécu parmi des gens qui puissent lui donner l'idée d'une telle délicatesse.

Au reste, pour ne pas faire de cocu, il faut trouver un partenaire qui soit digne de ne l'être pas. Étais-je ce digne partenaire ?

8 août.

Cette simplicité de vie dans les pays chauds. Je la trouve même à Séville où je suis depuis quelques jours.

J'en jouis, et pourtant je ne pourrais m'y tenir. Dans un mois, il me faudra remonter vers le nord, pays des tourments. Autrefois, cette pensée me gâtait mon plaisir : ma nonchalance du sud me paraissait un luxe sans attache avec moi-même, voué au nord et à ses travaux. Aujourd'hui, je suis capable de faire ce simple raisonnement : si, étant au sud, il me faut aller au nord, d'autre part, étant au nord, il me faut aller au sud.

Pourquoi n'en ferais-je pas ainsi avec Nelly ? En prendre et en laisser ?

Mais une femme, est-ce un paysage, un climat ?

Ce corps qui m'a tant occupé, comme je l'ai oublié. Je n'y ai pas pensé une fois depuis le 1er juillet. Je ne pense qu'à son cœur. Mon pauvre Beyle, sa beauté n'était qu'une promesse qui n'a pas été tenue.

9 août.

Nelly aime les hommes.

10 août.

Voilà qui demande diantrement à être expliqué.

Elle aime le plaisir qu'ils lui donnent ? Oui. Oui, d'abord. Elle en a eu, elle en a un besoin immense. Lente comme tant de femmes elle a attendu ce plaisir ; depuis qu'elle l'a trouvé, elle le recherche. Oui. Mais ce qui est indispensable n'est pas suffisant. Et cela devient si insuffisant, qu'il semble que cela cesse d'être indispensable. Nelly aime dans les hommes autre chose que le plaisir qu'elle en reçoit.

11 août.

J'aime les bordels espagnols ; j'y retrouve l'honnêteté des bordels français de mon enfance.

Antique paix des gynécées. Ici les choses sont à leur place.

Je suis essentiellement réactionnaire, puisque je le suis sur le chapitre de la femme.

Je n'aime pas les brunes. (Quelle bêtise est-ce que j'écris là qui me fera sursauter demain !) Il y a des blondes en Espagne, mais je ne veux pas les voir.

— Étais-je un bon partenaire pour une Nelly sincère ?

J'avais bien l'idée d'une attitude sage. D'abord, j'avais assumé cette attitude, je lui avais dit : « J'entre aujourd'hui dans ta vie, j'en sortirai demain. Quand j'y entre, il y a déjà du monde ; en sortant, je croiserai quelque nouveau venu : je ne serai donc jamais seul. C'est fatal. Mais je n'en travaillerai pas moins de bon cœur à me faire toute la place possible. » Je le lui ai répété par la suite, à des moments de docte douceur où j'admettais que son cœur, comme tout autre, fût un bordel.

Mais pour être sage, il faut contraindre quelque partie de la nature. Ce que je ne puis, ce que je ne veux jamais faire. Aussi dans le secret de mon désir et de mon orgueil, je me proposais de la détacher de l'Univers, de lui faire oublier les amants d'hier, de couper l'herbe sous le pied des amants de demain.

Pendant d'assez longs moments, je jouais assez bien l'épicurien, prenant ce qu'elle me donnait et, pour le reste, la laissant à sa vie. Mais bientôt l'amour-propre me faisait craindre de paraître sans perspicacité. Et puis, je ne suis pas si insensible à l'existence d'autrui. Car enfin, être jaloux, c'est reconnaître les besoins complexes d'un autre moi.

Alors non seulement j'écoutais ce qu'elle me racontait de sa vie, mais je la faisais parler. Je soupesais certains noms, je repérais certaines heures obscures. Cependant, je me flattais de mon doigté, je croyais que je n'avais pas l'air d'y toucher. Puis soudain, craignant de bien dissimuler au point de paraître niais, je lâchais une remarque pleine d'ironie soupçonneuse.

Mais j'avais vraiment aussi des moments de calme — indifférence ou confiance. De ces moments-là je ne tiens pas un compte suffisant quand je prétends que j'ai toujours su.

13 août.

Comment variait-elle à côté de moi, dans le même temps ?

M'aimait-elle plus à ces moments où j'étais moins tyrannique, plus généreux, et plus nonchalant ? Il est probable que oui, du moins au début de ces moments. Et cela m'enfonçait davantage dans mon laisser-aller. Mais, à la fin, elle devait s'aviser de l'étroitesse de besoins que je lui prêtais ainsi et, éperonnée, elle s'élançait avec une nouvelle vivacité dans ses traîtrises. Si bien que j'en ressentais le contrecoup et me réveillais.

Pauvre chère vieille mécanique du cœur.

Somme toute, Nelly devait trouver que j'étais bon à être trompé.

15 août.

Je passe mes nuits dans ce bordel dont j'imagine qu'il est dédié à la Vierge. Chaque lieu, chaque chose doit être dédié à un dieu ou à une déesse. Or, en Occident, nous n'avons qu'une déesse qui doit suppléer à toutes les fonctions de la féminité divine. Dédié à la Vierge, parce que, dans un bordel, hommes et femmes cultivent la virginité du cœur. Culte atroce et facile.

J'ai trouvé un truc commode pour que cette troupe de femmes ne me donne que ce que j'en veux. Je dis que je suis peintre et ce carnet où je feins quelques croquis me défend de leurs attaques. Je dessine et je plais, car mon crayon est mièvre, parfois.

Je ne peux plus faire l'amour qu'avec une femme que j'aime. J'ai couru les putains, mais il me semble que c'est fini. Je m'étonne d'avoir été pendant de longues années un débauché qui convoitait les statues des jardins publics. Mes sensations étaient si amorties au contact de ce marbre ou de ce zinc.

Sans doute avais-je de la poudre à jeter aux moineaux ; mais je n'en ai plus.

Somme toute, je n'avais besoin de prostituées que dans la mesure que j'ai trouvée ici, au bordel de la Vierge. Je leur demandais des images, des images un peu plus avivées que n'en offrent les femmes ordinaires, amaties par le grand jour. Dans le débauché que j'étais, il y avait un peintre : reste le peintre.

Mais ai-je donc encore besoin de rassembler des images ? Mon cerveau n'est-il pas imprégné de toutes les images du monde ? Oui. Alors ?

C'est que je ne sais jamais où aller, si ce n'est au bordel ; c'est le seul endroit où l'humanité se taise et offre un commerce gentil. Aussitôt que les humains se taisent, leurs corps deviennent doucement, infiniment causeurs, comme ceux des bêtes et des plantes. C'est pourquoi, après le bordel, c'est la rue que je préfère. Il y a eu aussi les heureuses années du cinéma muet.

Je finis mes soirées chez les filles du silence. Le bordel pour moi est à la limite de l'art et de la religion, ces grandes fonctions mourantes qui se débattent encore dans mes entrailles.

— Nelly est-elle obsédée par les formes viriles comme je l'étais par les formes féminines ? Elle n'a pas tant d'imagination et plus d'instinct. Elle ne se complaît pas dans les images, mais à travers ces images elle cherche à tâtons — comme une bête ou un sauvage dans le sous-bois taché de soleil — des vertus, des forces sexuelles.

Pourtant à la réflexion, il y a en elle un principe de représentation et de vice. Mais comme il n'est point facile à une femme d'être débauchée, de faire des expériences à la douzaine, et qu'au reste, craignant le mécontentement de la société elle ne le souhaite pas, ses impressions doivent être encore très vives et très fraîches entre les deux ou trois corps où se restreint son va-et-vient. Avec quelle délicatesse elle devait éprouver les contrastes entre nous trois ! Ses combinaisons n'étaient pas assez nombreuses pour qu'elle ne pût pas les approfondir.

Puis-je donc l'accuser de vulgarité, comme je voudrais le faire ? Elle est curieuse.

Que saurait-elle, si elle ne trichait pas ? De nos corps, de nos âmes ? On ne voit un être par-derrière que si on le trahit. Alors il vous montre son ignorance d'autrui, de l'univers, sa fatuité et son indifférence. Nous serions restés inertes tous les trois sous ses yeux, si elle n'avait pas remué autour de nous.

Jacques se méfiait-il comme moi ? Quant à l'Autre, il devine tout et il ne sait rien.

Comme notre univers est immobile, comme il est difficile de le remuer !

Il n'y avait pas d'égalité entre les amants de Nelly, pas d'inégalités non plus, des différences.

16 août.

J'ai eu vite assez du bordel, et j'ai quitté Séville. Je me suis fatigué de faire des mauvais dessins, alors j'ai causé avec ces femmes. Mais c'étaient des dames. Elles sont toutes vertueuses, économes et collet monté. L'ennui a fini par me jouer le tour qu'il m'a toujours joué : m'ennuyant, j'ai fait l'amour.

Et maintenant le remords me chasse de Séville, je ne veux pas me fatiguer. L'idée du péché est inventée par les individus comme par les peuples dans le temps où ils ressentent la fatigue.

Nelly avait-elle vraiment le temps de nous approfondir ? Ah ! aujourd'hui je suis chrétien parce que je suis fatigué et je dis qu'il n'y a pas de profondeur dans le monde des sensations. Et j'appelle péché le manque de profondeur. Et je crie que Nelly a péché.

Nelly ne peut être diverse. Elle ne peut être qu'une ou rien. Je crois à l'âme, à la monade. Les philosophies et les religions n'ont-elles pas sacré un fait qui est que l'organisme humain est profondément centré sur l'un ?

Je ne suis guère ému par toutes les rumeurs à notre époque sur la désagrégation du moi.

Je me sens un, je sens que chacun est un.

Mais si donc Nelly est une, et si pourtant elle a plusieurs amours, ou elle n'aime pas, ou un seul de ses amours est réel.

Je tends à croire que Nelly n'aime pas. Pourquoi ?

Parce qu'elle est faible...

Mais n'est-ce pas aussi parce qu'elle ne rencontre que des faibles !

Jacques, moi, l'Autre, nous sommes faibles. Je suis faible comme sujet, comme objet.

Ce n'est que dans une grande ville, labyrinthe de facilités, que Nelly peut avoir plusieurs amants, du moins des amants avec qui elle puisse jouer ce jeu faible.

17 août.

Ce carnet se couvre impunément des arabesques de mon idiotie. Nelly aimait.

Nelly aimait l'Autre moins que moi. Et à moi elle préférait Jacques. Elle ne chassait pas seulement des sensations, mais aussi des sentiments.

Jacques était son amant avant moi. Au moment où elle m'a adjoint à Jacques, elle l'a trompé et elle m'a donné l'avantage. Mais ensuite, c'était moi qu'elle trompait puisqu'elle revenait à Jacques.

Référence : quand je commençai à me lasser de Fanny, qui m'aimait, elle prit, avant que je l'eusse quittée, pour assurer sa retraite, un autre amant,

Z..., qui eut aussitôt l'impression d'être cocu comme un vieux mari.

Cependant Nelly ne gardait peut-être Jacques que par habitude, par peur de lui faire de la peine? Habitude? Habitude de la peau.

Si j'oublie la sensualité, je tombe dans la comédie italienne ou dans le vaudeville français.

— Cocu, voilà un mot imbécile et sale que je ne me serais pas passé il y a quelques années. Je vieillis, je deviens français. Je deviens vulgaire. Donc Nelly est vulgaire.

— Après tout le fait qu'elle restera peut-être toujours avec l'Autre, qui est son amant officiel, n'impose pas à coup sûr la créance qu'elle ne le préfère pas à ses amants de rencontre.

18 août.

Elle aimait plus le corps de Jacques, elle aimait plus mes caresses. Elle aimait plus son cœur, elle aimait plus mon esprit. Elle avait du respect pour lui, de la crainte pour moi.

Charmant Jacques, plein de préjugés.

Il faut dire que je n'ai jamais vu Jacques et que je l'imagine par quelques ouï-dire. Mais sa forme morale et physique, imprimée dans l'être de Nelly, je peux la retracer, les yeux fermés. Je suis sûr qu'il a une poitrine très blanche et une poésie de préjugés, une hypocrisie solide d'où sortent de jolies délicatesses, d'aimables feintises.

Cependant si elle respectait Jacques, sans doute à la longue en a-t-il découlé pour elle l'idée de le violer.

18 août.

C'est une violeuse. Je voudrais bien savoir ce qu'elle avait fait avec lui, ce dimanche de juin, car je me souviens bien de ce qu'elle avait fait avec moi.

Quand elle arriva chez moi, vers le soir, elle ne voulut pas se déshabiller ; pour s'excuser elle portait la main à sa ceinture. (Je ne savais jamais à quel moment du mois elle en était : mon contact avec elle n'était pas exquis.)

Est-ce lui prêter à tort mon absurde imagination que de la soupçonner d'être repassée chez elle en sortant de chez Jacques, pour se prémunir de cette ceinture ? Elle l'aurait fait par une espèce de scrupule spécieux.

Si j'admets, au contraire, qu'elle était vraiment indisposée, je renverse mes batteries, dans ma rage de la pire interprétation, et je suppose qu'au lieu de mettre de la différence entre Jacques et moi elle voulut, au contraire, m'obliger par la manœuvre qu'on va voir à la plus grande ressemblance de posture avec lui, pour obtenir un contraste mince, mais d'autant plus aigu. Si elle m'a dit : « Déshabille-toi », elle avait dû le dire aussi à l'Autre... (Peut-être suis-je un pauvre toqué ; en tout cas, j'aurais fait, si j'avais été femme, une fameuse garce.)

D'ailleurs, elle ne me dit pas tout à trac : « Déshabille-toi » ; d'abord elle m'entraîna du divan sur le tapis, puis elle commença de ravager mon vêtement. Elle se défendait de ma bouche et de mes mains ; quand je compris son intention, je cessai mes attaques. Elle m'avait mis à demi nu.

— Veux-tu que je me mette nu ?

— Non, j'aime ta peau comme ça.

Son regard me brûlait à la hanche.

— Laisse-moi te caresser, dit-elle enfin.

« Il y a longtemps que je rêve de ton immobilité, de ton abandon », se disait-elle.

Son œil fut sur moi de plus en plus aigu (ce qui me fait dire qu'il y a en elle un principe de représentation, de vice) tandis que sa caresse, à travers mille détours, mille ruptures de rythme, allait vers son but.

Assez, voyageons encore, n'oublions pas l'Espagne.

Non, avant de m'endormir dans cette chambre de je ne sais quelle ville, il me faut en finir avec cet article, l'article de Nelly sensuelle.

Avant de me demander si elle n'aime pas plus le plaisir qu'elle donne que celui qu'elle reçoit, j'aurais dû remarquer qu'elle ne reçoit pas son propre plaisir, qu'elle le prend.

Même quand elle était femme, et renversée, soumise à mon poids, à mon injonction, il y avait en elle un égoïsme qui se contractait et dont je renonçais à venir à bout. Je n'étais qu'une épée dans sa main dont elle se faisait mourir. Envahi d'indulgence ou de découragement, je remettais toujours à une autre fois de lui infliger le plaisir.

Je n'aurais même pas pu imaginer une pareille attitude il y a dix ans. Est-ce que tout ce que je raconte n'est pas l'aveu d'un quadragénaire qui redevient sinon naïf, du moins niais ?

Lors de nos premières rencontres, elle ne semblait songer qu'à ce plaisir qu'elle tirait de moi. Mais ce dimanche-là, donc, elle changea, elle démasqua son arrière-pensée.

Comment en vint-elle à ce changement ? Les pouvoirs de l'imitation sont immenses. Lors de plus d'une de ses visites, elle m'avait trouvé aiguisé par l'attente. Je me jetais sur elle, mais de ma longue impatience qui était déjà patiente, je faisais un retard sans fin. Elle me voyait penché sur elle, attentif, minutieux, méditant tout son corps, parcourant pas à pas toute sa sensibilité, ne fermant jamais les yeux. Ainsi je lui avais appris la curiosité.

Et sans doute aussi sentait-elle un besoin de revanche ; ayant subi ma lucidité, elle voulait la réfléchir sur moi.

Pourtant jamais je n'étais tout à fait son vainqueur. Car il venait toujours un moment où je me souvenais que j'étais non pas une lesbienne, mais un homme : je ne pouvais me résoudre à l'épuiser entièrement par des artifices ; j'en revenais à ma force. Mais c'était alors que je retrouvais, comme je viens de le dire, son égoïsme. Tout à l'heure, elle était sans résistance devant mes caresses, mais elle retrouvait son quant-à-soi devant mon rut. Elle ne voulait jamais mourir qu'à sa manière. Comme l'esclave antique il fallait que, comme toujours, je tendisse à ma maîtresse un fer impassible sur lequel elle se tourmentait et se suicidait.

Aucun élan profond de l'être, chez elle, aucune spontanéité décisive. Rien que la quête consciente, superficielle du plaisir ; rien que de mécanique.

Mais chez moi, quel goût pervers, mystique de l'inachèvement se montre en moi au moindre prétexte que m'offre la résistance d'autrui !

En tout cas, que nous en soyons arrivés, ce dimanche-là, à l'inversion, il n'y avait rien que de logique. Est-ce que la logique ne vous fait pas glisser sensiblement d'une position à la position contraire ?

Poussant jusqu'au bout mes moyens d'homme, il était logique qu'au bord du fossé je fisse la culbute et que je me retrouvasse le contraire d'un homme, femme, sous les doigts et les lèvres de Nelly.

Dieu est un humoriste. De l'amant le plus aigument mâle, il fait soudain une femelle. L'extrême positif, il le tourne en négatif. De l'averti il fait un inverti. Ainsi tourne la roue.

Mais attention, il y a en moi une préférence, une préférence passionnée. Si, d'un point de vue d'éternité, je vois d'un œil égal les jeux de la vie et de la mort, par ailleurs d'un point de vue actuel, je choisis, je fixe mon choix et toujours sur la vie. Je veux rester homme, mâle. Et je veux que ma partenaire, la femme, reste femme.

— Nelly est-elle vraiment femme ?

Après tout je pourrais dire que tout cela, c'était sa faute. Elle restait dure, sans souplesse, sans possibilité de métamorphose.

Mais comment puis-je, moi, avec mes idées réactionnaires sur la femme, parler de la responsabilité de la femme dans l'amour ?

Toutefois il peut être question de qualité. Il y aurait des femmes à peu près impropres à l'amour, je veux dire : incapables de profondeur. Contre ces femmes le plus pénétrant amant ne pourrait rien...

Eh bien non, je ne crois pas ça, je crois à la toute-puissance de l'amour, de l'amant sur la femme. Il n'est point de sable qui, arrosé, ne devienne terreau.

Nelly était plus résistante que d'autres que j'ai rencontrées, voilà tout. Tant pis pour moi, si je n'ai pas su briser sa résistance.

— J'ai fort peu rencontré de femmes qui aient le goût de l'inversion. Avant Nelly, presque toutes mes maîtresses (et même les professionnelles : quand elles aiment elles oublient volontiers les habitudes de leur profession) étaient passives.

Mais concentrées. Aucune d'elles n'avait d'imagination, d'invention, de curiosité, mais d'autant plus d'intensité dans l'attente et dans la gratitude. Tout leur être était ramassé dans un point unique.

Et ce point unique était là où elle était et moi aussi, là où il n'y avait plus ni elle ni moi, mais nous. Ce point se faisait de la coïncidence des deux dons. Ces deux dons n'en faisaient qu'un, mutuel, qui dissolvait deux êtres en un seul. A leurs yeux je ne pouvais prendre qu'en étant pris, recevoir qu'en donnant. Point de calculs — ou plutôt le calcul le plus profond. Pas d'égoïsme, mais le comble de l'être.

Rosita les avait toutes dépassées par son extrême rigueur, elle avait une austérité africaine qui, dans les derniers temps, avait été portée au vertige et au sublime par la maladie. Tout ce qui n'était pas l'étreinte lui paraissait préciosité méprisable, vaines allégations de l'impuissance, bavardage de cervelles vides. Dès qu'elle était dans mes bras, elle commençait de méditer longuement, profondément, infiniment, pieusement sur l'acte qui allait se produire;

puis elle en mourait. Elle était toute dans l'acte pur et cet acte pur était agrandi aux puissances de l'Être.

(A remarquer que si un écrit mystique semble toujours une description transposée de l'acte sexuel, une analyse sexuelle appelle à son tour le vocabulaire mystique. Et dans l'un et l'autre registre, passe toujours comme un vagissement enfantin.)

(Si ces pages étaient publiées, y aurait-il des imbéciles pour trouver que c'est « de la littérature personnelle ». Pourtant, fouiller l'ego, c'est bientôt connaître, à travers l'humiliation, la modestie.)

Muriel était moins profonde que Rosita. Pour les races du Nord, l'acte sexuel engage plus difficilement tout l'être que pour les races du Midi, chez qui, par contre, il devient trop facilement de l'éloquence.

Jeanne, la Française, était plus près de Rosita que de Muriel. Mais était-ce parce qu'elle était plus vieille que Muriel ? On sentait un peu chez elle le métier, le métier d'amoureuse. Pour Rosita qui passa de la jeunesse dans la mort, à travers le feu du cancer, l'acte était un acte unique, irrenouvelable, décisif.

J'avais admiré profondément, de toutes les forces de mon être, cette rigueur dans mes maîtresses.

Mais quelquefois, quand j'avais pris longuement et profondément avec elles les grandes assurances, je me sentais des envies de superflu, d'arabesque, d'ornement. J'ai toujours eu le sentiment que le grand art, l'art le plus vivant et le plus créateur sait joindre la profusion à la simplicité. J'aurais voulu situer mon amour dans une époque limite entre le classique et le baroque.

Cette idée de l'arabesque peut mener loin. Il y a eu ces longues périodes de ma vie où, déçu par l'amour, ou fatigué de lui, je me réfugiais dans le plaisir chez les filles. D'abord, mes caresses ciselaient le plaisir chez une amante ; peu à peu elles le détachaient d'elle. Peu à peu le plaisir était à mes yeux comme un personnage fictif, terriblement présent mais d'une présence inhumaine, comme une idole, entre nous deux. De son ombre j'écrasais mon amante mais cette ombre tournait et menaçait de m'écraser à mon tour. Je m'écartais d'elle, je me roulais seul dans le fond du lit. Mes pouvoirs, détachés de moi, se retournaient contre moi ; je souhaitais que transmis à l'autre ils refluassent sur moi. Je voulais devenir l'amante et que l'amante fût mon amant. De variation en variation, on glisse, de ramification en ramification il en advient du premier élan comme de la sève dans la forêt vierge, qui non seulement nourrit la branche mais aussi la liane. Et la liane finit par appauvrir et dévorer la branche.

Tout cela d'ailleurs, si ce n'est point su mais pressenti, si c'est invention spontanée, est légitime dans l'unité de l'amour. L'inversion est la vague de reflux dans le mouvement perpétuel de marée de l'amour partagé et profondément fondu.

Mais ce ne doit être qu'une vague toujours appelée à se fondre dans la vague de nouveau contraire. Aucun élément qui soit suffisant dans la synthèse perpétuellement mouvante et inachevée.

Là où les faibles et les pauvres ne voient qu'une antinomie immobile, qu'un dilemme inerte, extérieur à leur vie, qui la coince, — le vice —, les riches et les forts voient le salut par le mouvement dialectique — garantie des renouvellements qui marient les contradictions et font alterner sans cesse les poisons et les remèdes.

Somme toute, je suis des forts. Aucun danger pour moi qui suis la santé même, qui suis solidement attaché à l'axe du monde, que chez moi la tendance invertie, à force de se répéter, se fixe. L'amour vient toujours à temps m'arracher aux labyrinthes du plaisir.

Et si, dans une période de débauche, je rencontre une femme comme Nelly — qui, d'ailleurs, n'est pas une fille et éveille en moi l'idée de l'amour, mais qui est invertie — je la quitte, plutôt que de lui céder.

Ayant beaucoup pris, j'ai souhaité parfois d'être pris à mon tour, mais si je sens chez une femme — qui n'est pas une femme de passage mais une femme auprès de qui je songe à rester — la volonté énervée jusqu'à devenir exclusive, de me prendre, je me réveille et de nouveau je veux prendre.

L'homme peut supporter cette volonté de prendre, comme une feinte chez la catin, comme une invitation temporaire, un jeu, chez l'amante, mais il s'effraie si celle-ci, avec sérieux, durcit le geste de la catin.

De quoi s'effraie l'homme ?

L'instinct lui fait pressentir et deviner l'impuissance qui est au fond de tout vice.

Car pourquoi Nelly, soudain, se soucie-t-elle moins de son plaisir que du mien ? C'est qu'elle n'est pas sûre du sien. C'est qu'il n'existe pas, ou qu'il n'y a que le plaisir là où il devrait y avoir résolution de l'être. Elle est capable de distinguer mon plaisir du sien : grave symptôme. Et elle est capable de représentation : signe encore plus inquiétant. Elle vit donc plus d'imagination que de réalité. Elle imagine ? elle est vicieuse. Elle est vicieuse parce qu'elle est impuissante...

— Mais qu'est-ce qui ressort de tout cela ? Que je ne suis jamais arrivé à une connaissance décisive du tréfonds des sensations de Nelly et que je n'ai pas voulu me rendre maître de ce tréfonds.

Comme donc fut légère notre liaison !

Et après cela je m'étonne qu'elle ne m'ait pas tout donné, qu'elle soit restée partagée entre moi et un autre.

Quelles étaient mes raisons ? Je ne l'aimais pas ? Sans doute, car j'ai été beaucoup moins loin avec Nelly qu'avec d'autres femmes.

Pourtant, ayant été au fond physique, je n'ai jamais été jusqu'au bout moral, hélas, avec aucune, — j'ai laissé Muriel s'enfuir avec son mari, Rosita mourir en désespoir de cause dans les bras d'un autre. Je me suis toujours emparé de toute résistance d'une femme, dans quelque plan que ce fût, comme d'un prétexte pour relâcher mon effort. L'amour est un travail comme toute chose, je n'aime pas le travail. De même qu'à un degré plus élevé, je m'étais emparé de la reculade de Muriel devant le divorce et devant le mariage (si, « après dix mois d'amour, tu ne veux pas tout lâcher pour moi, moi je te lâche »), de la maladie de Rosita (« tu vas mourir, je te lâche » — si bien qu'au moment où elle est morte je n'ai pu recueillir toute son âme ramassée dans ma main, ce qui aurait été un cadeau royal, unique, définitif) ; je me suis laissé arrêter par une manie sensuelle de Nelly qui n'était peut-être que locale, qui n'était peut-être pas le signe fatal que j'en faisais.

— Est-elle vraiment une débauchée, une perverse, une imaginaire ?

L'amour ne peut-il toujours vaincre la débauche ? Je sais par expérience que la débauche n'est souvent que l'effet de l'impatience d'une nature voracement amoureuse.

Mon amour aurait pu la concentrer sur elle-même et

la faire éclater dans un don total. Et l'exercice renouvelé de ce don total l'aurait peu à peu dotée d'une forte unité. De même que l'habitude d'exposer sa vie trempe l'âme du soldat, le rend sobre de gestes, mais décisif dans chacun de ceux qu'il se permet.

Si j'avais plus longuement, plus patiemment, investi son imagination, ses nerfs, un jour ses cuisses se seraient enfin distendues, elle aurait renoncé au plaisir et du même coup aurait connu la joie.

Sans doute jouissait-elle, mais elle ne se donnait pas. Il y a la « jouissance », dont parlent les pauvres gens, et l'amour.

Mais j'ai sauté sur la phrase de Praline et j'ai fui.

23 août.

Je suis arrivé à quarante ans sans avoir jamais eu une liaison de plus de six mois, donc sans avoir connu une femme. On le voit à ces pages pleines d'étonnement. Mais le regret de n'avoir pas supporté Nelly marque un tournant. Je commence à être capable d'amour, puisque je reconnais enfin et j'accepte l'atroce nécessité d'être humilié par lui. Ce serait enfin la réalité, après ce songe de ma jeunesse. Mais je me rebelle encore devant cette nouvelle carrière qui s'ouvre devant moi, pleine d'outrages.

M'attachant à Nelly, je l'attachais à moi.

Peut-être n'aurait-elle lâché Jacques qu'à la longue. Peut-être serait-il resté encore quelque temps dans ses jupes, profitant d'abord de l'indifférence dont il aurait fini par pâtir. Il ne nous aurait pas gênés beaucoup, il n'aurait pas empêché nos nœuds.

Persévérance, toucherai-je un jour tes trésors difficiles ? Aurai-je donc perdu ma vie sur cette faible idée du coup de foudre dont je voudrais toujours qu'il consume la femme que je rencontre et qu'il la sépare de tout pour l'abolir en moi ? L'amour, comme toute la vie, n'est que travail. Tout ce qui apparaît de spontané doit, pour prendre forme et s'épanouir, être soutenu par la conscience et prolongé par la volonté. Pourquoi moi, qui aime le travail dans mon métier, ne puis-je m'en accommoder dans mes amours ?

Jacques ne me connaissait pas plus que je ne le connaissais, mais sans doute me devinait-il. Que craignait-il en moi ? Car enfin Nelly aimait quelque chose en moi. Elle ne souhaitait pas de me perdre. A Pâques, par suite d'une erreur d'adresse, elle ne recevait pas les lettres que je lui envoyais à Sainte-Maxime, elle m'avait aussitôt envoyé des télégrammes anxieux, sans orgueil, presque suppliants.

D'ailleurs, elle ne m'a pas quitté. Et je ne l'ai pas quittée. J'ai feint seulement de ne pas revenir à temps de Londres à Paris, en juillet, pour la revoir avant son départ pour la Norvège. Je ne lui ai pas écrit depuis deux mois. Mais il était entendu que nous ne nous écririons pas pendant les mois de vacances. D'ailleurs, peut-être m'a-t-elle écrit à Paris ? Mon courrier ne me suit pas ; personne ne sait où je suis.

Je suis seul au monde. Un fantôme qui ne touche personne, que personne ne touche.

Elle aimait quelque chose en moi ; elle s'y était attachée. Aimer un être, c'est aimer d'abord quelque chose de particulier en lui — et non pas tout lui, pêle-mêle. Puis, à la longue, de proche en proche, par contagion, la faveur se répand. Donc elle allait m'aimer.

— Et pourtant, pourrai-je jamais oublier cet élan qui les jette parfois à la tête d'un homme et qui les fait préjuger, d'après le peu qu'elles savent, qu'elles aimeront tout ce qu'elles en ignorent et qui leur monte à la tête avec l'odeur mâle ?

J'ai beau faire, qu'elle ait gardé Jacques me rend impossible de croire dans l'amour de Nelly : elle n'était point ravie par moi. Quitte à le regretter le lendemain en reconnaissant mon humble condition d'homme, elle aurait dû d'abord avoir envie de rompre, en ma faveur, avec l'univers.

Du temps où je courais les maisons de passe, où j'avais le goût des putains, ce qui me ramenait à elles aussi, c'était que j'avais éprouvé qu'il n'est pas de volupté si anonyme qui n'attire aussitôt l'ombre de l'amour. Si, dans un corps fatigué, je parvenais à réveiller le plaisir, aussitôt un cœur vierge s'entrouvrait, un œil s'agrandissait à l'espoir de la tendresse.

Nelly, tu ne m'as donc pas aimé, si tu n'as pas été aussitôt ravagée par cet espoir de l'amour que je poursuis partout et qui partout suit mes pas.

Toutes mes amoureuses se sont aussitôt jetées dans mes bras : Jeanne, Rosita, Gwen, Muriel, Gloria.

— Mais pourtant ce n'était pas à jamais. Jeanne s'est laissé abandonner, Rosita a pu mourir loin de moi, Gwen et Muriel n'ont pas voulu quitter leur mari, Gloria m'a laissé l'abandonner.

Eh bien, comme les autres, je laisse tomber Nelly ; comme les autres, Nelly se laisse tomber.

Encore une fois, mes abandons, que signifient-ils ?

Ma force ou ma faiblesse ? Ma faiblesse à coup sûr, car je sais bien que je n'ai épuisé aucune des femmes que j'ai quittées. Je n'ai eu d'elles que la passion, non pas l'amour. Je n'ai eu d'elles que ce qu'elles ont eu de moi. La vie est la justice.

Si Nelly n'a pas eu dès l'abord cet élan qui l'aurait arrachée à Jacques, c'est que je ne l'ai pas eu non plus vers elle. Mais si je n'ai jamais été capable de tout l'élan, peut-être aujourd'hui suis-je capable de persévérance. Alors il fallait patienter et attendre d'elle pareille repartie. Hélas, j'ai tant sacrifié à la passion qu'il m'est difficile de lui préférer l'amour.

— Ce qui m'étonne, ce sont toutes ces protestations d'amour qu'elle me faisait. Elles n'étaient pas excessives, mais enfin elles se répétaient. Elle devait en faire d'autres à Jacques, tendre amoureux sans doute dont les effusions appelaient les siennes. M'en faisait-elle assez pour que je doute qu'elle pût lui en faire plus qu'à moi, sans que ce fût par trop harassant ?

Un mot me revient qu'on m'a dit sur Jacques, qui soudain fait trait de lumière (forcément, puisque je ne sais rien d'autre sur lui) : « C'est un tendre. » Toute une hypothèse aussitôt se propage. Pour l'Autre, c'est l'homme de fondation, l'homme sur lequel tant de femmes ont besoin de se reposer. Sa vie sociale repose sur lui. Officiellement ce n'est que son amant, en fait c'est son mari. Pour Jacques, elle lui rend la tendresse qu'il lui donne. Moi, c'est pour la luxure.

Mais moi aussi je suis tendre... La garce, elle devine bien comme je cesserais de l'être si elle se livrait à moi, pieds et poings liés.

Elle lui cache sa vraie nature sensuelle. Car peut-être n'est-elle tout à fait déchaînée qu'avec moi.

Alors il n'y aurait pas d'égalité sensuelle entre Jacques et moi ?

— Et pourtant je suis physiquement jaloux de Jacques — tiens, j'avoue tout d'un coup, au coin d'une page — parce que je sais trop comme elle est luxurieuse et comme elle peut être troublée par sa pureté d'homme tendre. Le trouble qu'elle éprouvait auprès de lui à désirer des gestes qu'elle ne faisait pas, valait bien la satiété que ces gestes lui procuraient dans mes bras.

Donc, j'ai beau me débattre, j'en reviens toujours à l'idée de l'égalité sensuelle entre Jacques et moi, d'un terrible partage où se déchire et se perd l'unité de Nelly.

Je sens toujours se réveiller en moi pour me tourmenter la terrible vision : cet inexorable monisme de la chair. Toute chair a une pente vers toutes les autres chairs. Les religions savent cela, les philosophies antireligieuses le savent aussi mais prétendent s'en accommoder. Dans la pratique, tous les philosophes que j'ai rencontrés réagissaient comme des chrétiens, ils souffraient.

Et quoi, s'il y avait quelque chose de spirituel dans Nelly, elle se serait acharnée comme une Sophie à attacher sa préférence à un seul homme ; elle aurait refusé de tromper Jacques avec moi. Mais elle n'en aurait pas eu moins envie. Alors ?

— Curieuse chose que je représente la chair par rapport à Jacques, moi qui me fais si bien l'effet, en ce moment, de souffrir en esprit.

— Sait-il que j'existe ? Souffre-t-il par moi ? Je croyais qu'elle prenait soin de ne pas me faire souffrir quand je la voyais mentir, me tromper. Mais peut-être ne songeait-elle qu'à lui ; qu'à le préserver, lui.

Il l'a échappé belle. Quand j'eus reçu le mot de Praline — ne disons pas en plein cœur, mais en pleine figure — j'ai voulu courir chez lui et lui dire : elle nous trompe. Je ne l'ai pas fait, par peur de voir un visage se décomposer comme j'avais vu faire le mien dans les yeux de Praline. Et aussi par respect pour le sentiment qu'elle a peut-être pour lui.

— Je lui parlais souvent de Jacques, mais beaucoup plus de l'Autre. De l'Autre je n'avais pas de disposition à être jaloux, mais je l'avais aperçu ; alors je reportais sur lui une partie du sentiment qui s'imposait à moi que quelqu'un me privait d'une partie de Nelly. On ramène toujours l'inconnu au connu : c'est le mécanisme de toutes les erreurs.

Elle devait bien se moquer de moi quand elle me voyait ainsi errer. Mais sans doute elle s'en réjouissait, car ainsi Jacques était protégé d'autant.

Et sans doute n'avait-elle pas beaucoup le temps de faire de l'ironie, car elle était toujours pressée, courant de l'un à l'autre, et sans cesse soucieuse, soucieuse d'assurer son plaisir, sa vie entre nous trois.

Je lui disais : « Mon amour, le plaisir que je te donne, notre plaisir, notre amour. » Et pendant que je parlais, elle en regardait un autre dans l'ombre de la chambre.

Moi, elle me regardait quand elle était dans la chambre de Jacques. Revenue auprès de moi, elle me disait : « Ah ! je t'ai aimé hier, tu ne peux pas savoir ! » Tu parles.

Décidément c'est une coquette, c'est-à-dire une hésitante. Ce n'est pas une débauchée, mais elle ne s'élève pas jusqu'à la catégorie des grandes amoureuses.

— Car il y a une telle race royale. Il y a des femmes qui, comme des hommes, sont capables de plus d'un chef-d'œuvre. Le chef-d'œuvre ne peut se produire que dans la succession à longs intervalles et non dans la simultanéité. Nelly n'était pas une Jeanne. Quand j'avais connu Jeanne, elle avait quarante ans, elle avait eu trois longues amours. Chaque fois elle s'était engagée à fond, elle avait joué toutes ses ressources sur son amour. C'est pourquoi la vie reconnaissante était venue la retirer de cet amour au moment où, saturé, il ne pouvait plus rien absorber d'elle. La vie l'emmenait plus loin, vers une conjoncture neuve.

Oui, certes, il est des amoureuses qui ne sont pas des débauchées et qui ne sont pas des impuissantes. Mais, Nelly, entre ses trois amants... Qui trop embrasse mal étreint.

Peut-être allait-elle aller jusqu'au bout avec Jacques, ou avec moi, ou avec un troisième ? Peut-être en était-elle encore au temps où l'on fait ses écoles ? Non, Jeanne, dès vingt-trois ans, connaissait déjà le grand style de son cœur.

29 août.

Je pourrais écrire à Nelly ? Sans doute trouverai-je, en rentrant à Paris, des lettres d'elle ? Quand je la reverrai, sans doute m'apercevrai-je qu'elle m'a regretté ?

30 août.

Un romancier pourrait écrire mon histoire avec Nelly en prenant les choses sous un tout autre angle qui ne serait pas moins juste que celui-ci.

Car, enfin, j'ai connu Nelly dans une tout autre atmosphère que du nu et des images charnelles, dans une atmosphère d'intrigues et de rêveries sentimentales.

Les uns et les autres nous nous disions : « Je t'aime », et, ma parole, nous faisions des rêves de mariage.

Ici, soudain, je touche à un tout autre domaine.

Je..., mais non, je ne veux pas tourner mon attention de ce côté, pas encore, du moins.

10 septembre (Grenade).

Il s'agissait aussi entre nous trois de tout autre chose que ce que j'ai dit jusqu'ici. Il s'agissait de mariage.

Hommes et femmes, nous ne pensons tous qu'au mariage. Nous sommes avares, nous voulons posséder un être, l'enterrer. C'est aussi, une fois qu'on vit avec lui, la seule façon de s'en débarrasser — bien entendu, s'il se laisse faire, s'il ne vous rend pas jaloux.

Nelly voulait épouser Jacques, moi je voulais épouser Nelly.

J'ai toujours voulu épouser toutes les femmes avec qui j'ai couché : femmes de bordel, duchesses, pauvresses, millionnaires, etc. J'ai cru tour à tour convoiter les femmes riches pour leur richesse, les femmes pauvres pour leur pauvreté, les laides pour leur laideur : simplement, je voulais les épouser.

Et pour ceux qui se vantent de ne pas songer au mariage, je me charge de réduire le cas de chacun au commun dénominateur. Je connais l'essence de leurs collages.

L'Autre ne veut pas épouser Nelly parce qu'il a peur d'être cocu. Il l'est déjà.

Nelly veut épouser Jacques et ne veut pas m'épouser.

Prestiges de Jacques : il est jeune (six ans de moins que moi), brillant dans son métier ; il a de l'argent. Et ce corps charmant, naïf, gardé par quelque chasteté... Il a des préjugés qui le défendent contre Nelly, une famille.

Mes prestiges : je suis vieux (six ans de plus que Jacques), j'ai eu des femmes, je suis luxurieux, j'ai une sorte de situation politique ; le jour où je tiens une femme, je cesse de l'aimer.

Ce qui fait que Jacques l'emporte : il ne veut pas épouser Nelly, je veux l'épouser.

Tout ceci, c'est la part des rêves... En dessous, il y a la pratique des corps... Certes, mais deux corps peuvent se balancer au regard divers de Nelly, ce qui lui permet de s'abandonner d'autant mieux à ses rêves.

— Nelly, fille de danseuse, danseuse elle-même. Mais une danseuse, parce qu'elle veut être bourgeoise, est plus bourgeoise que les bourgeoises. Nelly aspire au mariage.

Pourquoi, à vingt-six ans, n'est-elle pas encore mariée ? Elle veut frapper un coup sûr. Mais en attendant, elle a des amants et finalement elle en a trop.

Elle a eu un premier amant avec qui elle a eu une longue liaison paisible, considérée. Cet amant l'a quittée. Elle l'avait préféré à des amants plus riches et plus brillants : elle le croyait sûr, pour le mariage.

Elle a toujours eu de l'argent : elle en avait hérité de sa mère, elle en gagne. On ne peut l'imaginer sans argent. Bien qu'elle en ait sa suffisance, elle a souvent rêvé d'en avoir beaucoup plus par des amants. Mais il faudrait vraiment une avarice féroce pour, étant riche, sacrifier à une plus grande richesse des besoins qui, chez elle, sont certains.

Pourquoi son premier amant l'a-t-il quittée ? Pour se marier, tout simplement, avec une personne d'une bourgeoisie assurée.

Elle s'est mise avec l'Autre, tout de suite après. Quand commença-t-elle sa chasse et son jeu compliqué entre plusieurs proies ? Du temps de son premier amant ? Je soupçonne un ou deux hommes. J'en ai vu un, entre autres, se troubler chaque fois qu'il la rencontrait, s'éloigner d'un pas lourd. « Cet homme a dû souffrir par elle. »

L'Autre, je le connais un peu. Nelly et l'Autre sont à égalité. Chacun en veut à l'autre de ne pas lui être supérieur, mais de ne pas lui être inférieur non plus. Mais, ainsi, ils sont liés. Elle hésiterait infiniment à le quitter, en dépit de l'envie qu'elle a de Jacques. L'Autre est devenu son homme, cet homme dont toute femme a besoin pour fonder sa vie sociale et sa personnalité. Un tel homme a un grand pouvoir et une grande impuissance.

— A suivre de loin Nelly, je lui vois les marques, sinon d'une intrigante, au moins d'une femme qui raisonne sa vie et songe à la considération. Pourtant, elle n'a jamais pu vivre qu'avec des hommes dont le corps lui plaisait.

Mais, d'autre part, serait-elle restée avec un homme dont seulement le corps lui aurait plu ? Non, mais il en est ainsi de la plupart des hommes et des femmes. Ils ne peuvent demeurer qu'avec quelqu'un qui représente une moyenne entre des qualités très différentes que réclament tour à tour leur sensualité et leur idée de la société.

C'est cela peut-être qui est vivre bourgeoisement.

— Moi, je m'adonne entièrement à la particularité d'une femme. Ce qui fait, d'autre part, que je ne reste longtemps avec aucune.

Je suis incapable de prendre sur moi et de tolérer tel défaut en considération de telle qualité. Je me jette sur une qualité et je m'en vais aussitôt que je l'ai épuisée et que je commence à voir le défaut qui est à côté. En sorte que les unes disent de moi que je suis un insensible, d'autres un impuissant ; peu m'accordent d'être un passionné.

Je nourris une double passion d'exigence et d'intolérance. Je donne beaucoup à une femme, dès l'abord, mais en peu de temps. Les trois ou quatre femmes que j'ai aimées se sont trouvées bien aimées pendant six mois.

— Nelly est donc une bourgeoise ; elle assure la façade. Mais, d'ailleurs, elle ne perd pas beaucoup de temps à l'entretien de cette façade.

Pourtant sa liberté ne peut être que sournoise. J'ai beau vouloir lui faire la part belle ; à la fin du compte, il me faut douter et mépriser.

O belles vies romantiques (je parle des romantiques

qui avaient du tempérament) remplies par quelques risques poussés à fond.

— Pourquoi donc, étant l'amant des femmes, est-ce que je veux être leur mari ? Je ne pourrais me réduire à un rôle de mari ; je n'accepterais ni de les tromper, ni d'être trompé. Elles le savent et s'en effraient.

Muriel m'a quitté parce que je devenais un amant insupportable, voulant devenir mari et pourtant m'annonçant comme un insupportable mari.

Mais, au fond, ce que je veux, c'est les arracher à tout. L'amour ne m'apparaît que sous la forme d'une aventure entièrement ravissante. Je puis dire aussi que, vivant à une époque de divorces, l'idée du mariage passionnel et sans lendemain entre dans les ingrédients dont je compose la force explosive de l'amour. Mais Sophie m'a expliqué qu'à une autre époque j'aurais été de ceux qui enlevaient les femmes et les faisaient finir au couvent.

10 septembre.

Après tout, Praline a peut-être menti et Nelly n'était pas la maîtresse de Jacques.

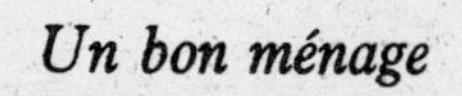

Un bon ménage

René Dalley, à vingt-sept ans, ne manquait pas d'avantages. Ce beau garçon n'avait pas tout sacrifié aux sports et à la danse : il avait lu avec quelque profit les livres qui sont à la mode non pas dans le gros public mais dans les cercles raffinés. Par ailleurs, il s'était préparé à son métier avec un soin qui lui donnait, par instants, l'illusion du sérieux. Aussi lui prêtait-on un avenir d'architecte.

Rien ne pressait : de son père, ingénieur bien placé dans les wagons-lits, il recevait assez d'argent de poche pour attendre agréablement sa sortie de l'École des Beaux-Arts et les premières commandes sérieuses. Et la bonne naissance de sa mère, des manières étudiées et surtout l'agrément d'une haute et svelte taille le faisaient recevoir partout. Il dansait bien et il parlait bien : cette rencontre assez rare ameutait les filles autour de lui. Agréable jeunesse, faisons-la durer.

Mais il y eut, autour de lui, la conspiration qui se produit souvent dans la bourgeoisie moyenne autour d'un jeune homme qui plaît. Ses parents avaient vu avec complaisance son succès constant dans les bals et sur les terrains de tennis ; ils voulaient qu'il le monnayât le plus vite possible par un riche mariage et les demoiselles qui avaient de l'argent entraient toutes avec entrain dans cette idée. René n'avait que l'embarras du choix : il pouvait aisément trouver une belle dot et accéder en même temps à un échelon supérieur dans la hiérarchie bourgeoise. Il pouvait, par exemple, passer de la moyenne bourgeoisie libérale dans le gros et ancien négoce.

René, assez sensuel, mais d'une sensualité sentimentale qui le préparait plutôt aux regrets mélancoliques qu'aux convoitises impérieuses, allait d'abord de l'une à l'autre, se gorgeant des privautés que tour à tour chacune lui accordait. Prudent et, par ailleurs, assouvi dans les maisons de passe, il s'amusait au charme fallacieux de tout ce qui est possibilité point trop serrée de près.

Mais, bientôt, il s'aperçut que les autres ne vous accordent pas pour longtemps le droit de jouer avec eux : filles et familles maugréaient et se détournaient avec dépit.

C'est que le choix n'était pas aussi facile qu'on le lui avait dit et qu'il l'avait cru. La plus jolie n'était pas la plus riche ou bien alors elle était trop riche ou de trop bonne extraction et ses parents regimbaient. Si elle était riche, jolie et abordable, elle n'était vraiment pas bien intelligente. Et ainsi, comme il y avait toujours quelque chose qui n'allait pas, le temps passait.

Alors, René prit peur. Voici à quel prétexte s'attacha sa peur. Il avait décidément du talent et des idées assez fermes et audacieuses sur l'architecture de notre temps ; il découvrit que, pour accomplir ces idées, il lui faudrait renoncer aux gains rapides. Or, sa gêne dorée lui était déjà insupportable. Il se forgea donc le dilemme qui bouche l'horizon aux faibles : se prostituer dans son métier ou se prostituer dans la vie. Apparemment, ce garçon qui semblait pourtant plus voluptueux et sentimental qu'intellectuel et plus désireux de femmes que de travaux, opta pour la défense de son métier. Ce qu'il y avait de plus rigoureux en lui s'alliait avec ce qu'il y avait de plus lâche pour l'incliner brusquement à une décision.

Justement des amis l'invitèrent à voir une fille qu'il ne connaissait pas, qui débarquait à Paris. Violette Joubert y avait été élevée mais elle venait de passer deux ans au Mexique où ses parents avaient une grosse affaire d'exportation. René vint à ce cocktail avec l'intention d'épouser à tout prix cette dernière venue dont on lui disait qu'elle était jolie, fort lettrée et tout à fait maîtresse de son choix. Instruit par l'expérience, il savait qu'il y aurait à coup sûr quelque fâcheuse contrepartie à tant de mérites. Mais il se faisait fort de mater, cette fois-ci, sa sensibilité et de venir à bout de l'obstacle.

L'inquiétant, c'est qu'en entrant dans le salon, il se considère comme un homme perdu d'astuce, qui est désormais trop intéressé pour pouvoir aimer pardessus le marché.

En tout cas, au premier coup d'œil, il constate que Violette, avant d'avoir ouvert la bouche, lui plaît si certainement par sa peau et sa forme qu'il peut l'épouser, les oreilles fermées. Il plaît à Violette et il l'épouse peu de temps après.

Les premiers temps du ménage s'annoncèrent bien. René et Violette, après un long voyage d'études en

Sicile et en Grèce, reparurent avec un air content. Ils s'installèrent dans un agréable huitième, quai de Passy. René prépara tranquillement un projet d'aéroport fort révolutionnaire et Violette commença de petites réceptions où se pressait une assez brillante jeunesse.

Violette était amoureuse de son mari, et d'une façon aiguë. Le sentiment qu'elle avait, bien qu'elle fût pure française, d'être un peu étrangère à Paris, l'inclination à imaginer et à souffrir que lui avait laissée une solitude compliquée de beaucoup de livres, le passé bruyant de René, tout cela la préparait à l'inquiétude et à la jalousie. Elle goûtait beaucoup l'intimité avec lui et comptait la défendre contre toutes celles qui auraient pu aussi bien en jouir à sa place et qui pouvaient songer bientôt à la lui disputer.

Tous les soirs, les Dalley se retrouvaient parmi trois ou quatre jeunes couples. Tous ces couples étaient fragiles et pouvaient se casser facilement en se heurtant les uns aux autres. Le divorce et sa promesse romanesque, c'est le cadeau secret qu'on trouve au fond de chaque corbeille de noces, caché sous tous les autres. Et il y avait des filles libres qui étaient prêtes à changer d'amant ou à enfin se former un mari.

Mais Violette, si elle était sensible et facilement frissonnante, avait aussi du courage et le goût de la persévérance ; elle avait même de la ténacité. Elle commença à monter autour de René une garde extrêmement subtile et habile. Voyant Paris du dehors, elle en percevait plus vite tous les mécanismes et le moyen de s'en servir.

Et René ? René n'avait pu se répéter tout d'abord que son net sentiment du premier jour : elle me plaît. Oui, elle lui plaisait. Violette était précisément cette brune à peau très blanche, à yeux gris qu'il avait cherchée laborieusement à travers toutes sortes de châtains trop flous. Elle continuait de lui plaire ; mais elle lui plaisait et lui déplaisait.

Lors de sa présentation à Violette il s'était mis en tête que, cette Violette inconnue, il l'épouserait pour son argent et non pour des mérites suffisants. On ne saura jamais si ce fut par parti pris ou parce que quelque chose vraiment dans l'esprit de Violette ne lui convenait pas qu'il ne se livra pas tout à fait. Sous certains rapports, il se sentait, par elle, obligé de l'admirer, ce qui l'empêchait de la goûter. Il lui reprochait cette disposition combative qu'elle apportait à défendre leur amour, ce calcul, cette perspicacité, cette habileté que, tout de suite, elle avait montrés à comprendre sa coquetterie avec les femmes, ses préférences possibles, les répugnances aussi qui pouvaient les contrecarrer et qu'elle pouvait exploiter. Il se sentait jugé, jaugé, investi, dominé : son orgueil s'en indignait et préparait une rancune.

Il ne reprochait pas tant à Violette le poids que sa réflexion faisait peser sur lui, que le fait même de réfléchir. Il y voyait la preuve d'une nature sèche. Et il la jugeait d'après lui-même : « Elle ne m'aime pas, elle me désire seulement. » Il ne croyait pas qu'on pût mettre tant d'intelligence au service de beaucoup de passion.

Pour lui, rêvant au risque, la tendresse qu'il demandait ne pouvait aller qu'avec beaucoup de nonchalance, d'abandon.

Il chercha cela, sans se l'avouer, chez les autres femmes qui venaient souvent dans le joli atelier du quai de Passy. Il le trouva au bout de deux ans, et au plus haut degré, chez Marie Guernier. Voilà une femme qui s'était abandonnée, qui avait risqué : elle avait tout perdu. Non mariée, elle avait gâché sa réputation et dilapidé une petite fortune avec le premier amant venu qu'elle avait trop aimé et qui l'avait brusquement lâchée. Puis elle avait voyagé. Récemment revenue à Paris, elle s'était inscrite en marge des contrôles bourgeois, travaillant, acceptant à droite et à gauche le plaisir, faute de mieux.

A ce moment-là, Violette était enceinte. Elle avait pressenti le coup et multiplié autour de Marie la tentation de tous leurs amis les plus beaux ou les plus amoureux pour détourner ce coup. Mais au moment où il lui avait été porté, elle ne songeait plus à se défendre. Le ressentit-elle seulement ? Le bonheur de porter un enfant semblait alors l'absorber tout entière.

L'enfant vint et tout à coup sa présence ouverte fit ce que n'avait pas fait sa présence cachée : René revint à Violette, mais en se promettant de ne pas lâcher Marie avec qui il avait pris des habitudes.

Il revint d'autant plus vivement vers Violette que celle-ci sembla se dérober. Elle était partie seule pour se remettre de ses couches et elle reparut un beau soir, toute fraîche, plus blanche que jamais, parmi la bande des jeunes ménages un peu vieillis. Ce soir-là, René la courtisa ferme. Et pour la première fois depuis bien longtemps, ils couchèrent ensemble. Or, René eut à s'étonner. Cette jeune mère, aux formes mieux épanouies et amaigries en même temps, feignait d'être contente des caresses retrouvées. Elle feignait.

Il fut fort piqué et un peu désorienté. Son insistance, les soirs suivants et pendant les vacances de Pâques qui survinrent, à scruter les réactions de Violette et la violence de son désir réveillé, le rendirent maladroit. Violette ne fit rien pour que cette maladresse passât inaperçue.

D'ailleurs, elle ne se montra point par la suite aussi insensible à ses entreprises que les premières fois. Mais ce fut pire. La réponse facile et superficielle d'un corps sain et naturellement bien disposé, voilà tout ce qu'elle lui donna. Puis, cette réponse alterna avec de nouvelles feintes adroites mais qui ne pouvaient échapper à un flair cultivé.

René glissa de son haut. Que fallait-il en penser ? Le passé, sur lequel il avait cependant des certitudes, lui parut bientôt douteux. S'il était resté plus longtemps à la campagne avec Violette, son angoisse aurait enfin fait éclater cet amour complet dont sa femme avait bien senti le germe dans les premiers temps, ce qui l'avait si fort animée au combat.

Mais il commençait à avoir beaucoup de travail et dut rentrer à Paris. La situation demeura ambiguë, ne fut pas tranchée. René, par amour-propre, n'interrogea jamais Violette, et d'ailleurs celle-ci fondait si bien ensemble la gentillesse, la bonne humeur et sa très lointaine et fugitive dissimulation, qu'elle rendait toute question impossible ou plutôt grossièrement inutile.

Et puis il retrouva Marie ; il retrouva l'ardente, la pathétique Marie. En comparaison de Violette, elle paraissait fanée, mais si reconnaissante à l'amour et courant au-devant de lui avec tant de forces, de sortilèges spontanés, tant de prédestination. Il s'acharna à fouiller pendant quelque temps le contraste entre les deux femmes. Mais il travaillait trop pour mener longtemps de tels jeux. Il se trouva surmené et commença à négliger Violette. Il se persuada que sa femme, au fond, ne l'avait jamais aimé profondément ni avec son corps ni avec son cœur, que sa sensualité de surface équivalait à une fâcheuse insensibilité. Il avait toujours pressenti cela, se disait-il, et c'était pourquoi il n'avait jamais pu l'aimer. Il avait pu sauter sans hésitation sur son argent, parce qu'elle était brillante d'esprit et de corps, mais il n'y avait rien en elle qui pût l'attacher profondément. Tandis que Marie...

Marie venait souvent chez les Dalley. Violette la recevait toujours fort bien et d'une façon telle qu'on ne pouvait lui reprocher ni complaisance ni aveuglement. « Savait-elle ? » commencèrent à se demander, au bout de quelque temps, les amis de la maison. Mais qu'avait-elle à savoir ? Que savaient-ils eux-mêmes ? René était aussi secret que sa femme et Marie disparaissait pendant des semaines, sous le prétexte de son métier de journaliste. Les gens s'agacèrent, puis durent renoncer à ouvrir cette énigme.

René s'agaça aussi, dans les premiers temps de sa reprise avec Marie. « Violette sait-elle ? » Violette faisait des allusions assez nettes à des tromperies de René, mais elle semblait les ranger dans un ordre vulgaire où l'identité de la complice est de peu de prix. Et dans le même moment elle se montrait toujours heureusement appliquée à leurs bonnes relations de tous les jours, toujours ponctuelle à assurer de temps en temps entre son mari et elle une soirée intime où il ne pouvait douter qu'elle trouvât comme lui, d'ailleurs, un contentement subtil mais sûr. Elle ne semblait pas plus souffrir de ses longues vacances sensuelles que rester tout à fait indifférente à de brefs revenez-y.

Par ailleurs, elle aidait activement René dans sa

carrière, menait fort bien sa politique extérieure et brassait dans son salon des ensembles utiles ou agréables, merveilleusement renouvelés et jamais étouffants.

Les choses durèrent. Elles durèrent quelques années. Il y eut un second enfant.

Mais les choses vont vite aussi. Un jour, un mot à peine murmuré entre deux femmes, chez lui, glissa dans l'oreille de René et fut aussitôt dans sa conscience comme une guêpe derrière une vitre.

Violette avait un amant. Sa première réaction n'était pas mesquine : il ne s'étonnait pas sur elle mais sur lui-même. La Violette qu'il cherchait du regard et l'ayant trouvée dans ce coin du salon qu'il interrogeait, c'était la Violette qu'il avait faite. Pendant un instant, il sentit nettement sa culpabilité. Elle causait avec animation, elle riait avec deux femmes, elle les faisait rire. Les femmes admiraient toujours Violette, plus que les hommes qu'elle attirait mais aussi repoussait : ils avaient un peu peur d'elle, comme lui, René. Ils avaient peur de son regard ferme, perspicace.

De quoi avait-elle l'air en ce moment ? Elle était jolie, bien habillée, mais tout cela un peu enveloppé, atténué sous une sorte de réserve. Non pas qu'elle simulât, elle était bien dans le moment, mais néanmoins elle dominait cette conversation, ce qui était sa façon de n'y être pas.

Était-elle ailleurs ? Avec son amant ? Il n'y paraissait pas. Non, si l'on voyait qu'elle retenait quelque chose d'elle-même, cela paraissait bien pour elle-même, c'était une femme qui s'était fermée.

Enfin, René tourna sa pensée vers l'amant qui n'était pas là. Non sans crainte : n'allait-il pas avoir à le jalouser ? Ma foi non. Il n'était ni plus beau, ni mieux doué que lui. Il n'était pas non plus à dédaigner. Éditeur de musique. Assez mauvais homme d'affaires, sauvé de sa nonchalance par sa fortune, et connaisseur. Un de ces hommes un peu paresseux, comme il y en a encore, qui savent trouver des loisirs, sur lesquels les femmes retombent tôt ou tard. Mais du reste, tout cela ne voulait rien dire. Qui était cet homme ? Que se passait-il entre lui et Violette ? Il était difficile de se renseigner, car l'éditeur évoluait dans un milieu différent de celui des Dalley. Les Dalley ne l'avaient jamais invité et n'avaient dîné que deux fois avec lui chez des amis. Il y avait longtemps. Du reste, René n'attachait aucune foi aux racontars psychologiques.

Sa réaction de honte puis de rancune avait été tout étouffée dans le premier instant par l'amour-propre. Mais elle fit son chemin. D'abord Marie, qui était toujours là, lui parut soudain emphatique.

Ensuite, il réfléchit sur le rôle qu'il jouait dans cette brillante maison de la Muette où maintenant ils habitaient. Il était un des plus connus et des plus demandés parmi les jeunes architectes. Voilà qui importait peu. Quel rôle jouait-il chez lui ? Était-il chez lui ? Tout à coup, il lui semblait qu'il n'avait jamais été chez lui. Il était chez Violette. Violette était maîtresse chez elle, à l'exclusion de lui. Ou bien il était un des éléments de la vie de Violette, de cette vie bien composée, un élément de bonne qualité, mais enfin un élément entre autres, choisi comme tous les autres. Tout le passé bascula.

Il n'avait pas choisi Violette, elle l'avait choisi. S'il ne l'avait pas aimée, elle ne l'avait pas aimé non plus. Alors pourquoi l'avait-elle choisi ? Parce qu'il faut choisir quelqu'un ; ne se souvenait-il pas ? Elle l'avait juste assez goûté pour que le choix fût tolérable. Comme il en avait été de lui pour elle.

Et ensuite ? Ensuite elle avait pris ce mélomane comme lui avait pris cette érotomane. Un complément indispensable, de part et d'autre, mais insuffisant. On fait ce qu'on peut.

Insuffisant ? Qu'en savait-il ?

Bah ! il la connaissait. Après tout il la connaissait... N'avait-il pas pris la mesure de ses possibilités dans tous les domaines ? Elle ne pouvait pas demander à l'autre sur le terrain de l'esprit plus qu'elle ne pouvait concevoir, et qui se délimitait très clairement dans leur intimité de certains soirs. Car, chose curieuse, leur intimité continuait et même s'aiguisait avec les années. Encore l'autre jour, il avait passé une longue soirée auprès d'elle à dessiner : elle, le suivant de l'œil, observant, réfléchissant, appréciant, savourant. Bonne bourgeoise.

Bonne bourgeoise, délicate mais résignée. Elle avait lui, ses enfants, sa maison, ses relations, son petit travail — elle était secrétaire d'une société d'études dramatiques ; mais elle avait aussi un amant pour compléter apparemment un cercle à jamais incomplet.

Bonne bourgeoise. Ne la connaissait-il pas à fond au lit ? Sensualité légère, agréable, adroite, qui supportait également la satisfaction et l'insatisfaction. Tempérament faible, inégal, frivole.

René allait ainsi rêvant, tâchant de diminuer Violette pour diminuer le mal qui lui venait d'elle. Mais il n'était pas dupe de sa manœuvre, elle ne faisait qu'ajouter au sentiment fâcheux qu'il avait de lui-même.

Pour provoquer un éclat, il prétendit un soir avoir beaucoup entendu parler de ce fin connaisseur qui était aussi un homme charmant. Violette devait l'inviter à dîner.

Violette resta calme comme quelqu'un qui s'était préparé depuis longtemps à pareil événement. Elle le regardait avec des yeux agrandis où il put se voir tout entier, tel qu'il était vraiment. Il se dit même : « Il faudra que j'étudie cette image quand je serai moins ému, je ne retrouverai jamais une pareille occasion de me connaître. Voilà pourtant la personne pour qui j'ai le maximum d'existence. »

Violette parla.

— J'aime mieux qu'il ne vienne pas ici, parce qu'il est mon amant.

Violette s'était détachée très tôt de René, avant son premier enfant, avant l'apparition de Marie. C'était aux alentours de cette première naissance qu'elle avait compris ce détachement : elle ne savait pas le moment exact. En tout cas, mûrie soudain, elle avait dû s'avouer qu'elle n'avait jamais été atteinte par l'amour de son mari. Il lui avait fait connaître le plaisir, elle l'en avait loué dans son cœur. Comment une femme n'aurait-elle pas de la reconnaissance pour l'initiateur, quand, par ailleurs, c'est un homme plaisant ? Mais le plaisir qui n'est pas transformé dans tout autre chose que lui-même, qu'est-ce que c'est ? Quelque chose qui meurt dans un cœur riche. Le plaisir qui germe dans un cœur riche se promet de grandir, de se dépasser. Sinon, le plaisir s'ennuie et s'étiole.

Violette avait réfléchi longuement, posément. Elle n'en voulait pas de façon violente à René ; elle gardait le goût de le voir tous les jours. Elle ne s'étonna pas qu'il en fût ainsi, car cette fille secrète s'était toujours connue : faible, et pourtant tenace et souple. Elle voyait qu'un partage se dessinait en elle, très net, définitif ; mais elle pouvait fort bien s'accommoder de ce partage. La vieille division de l'âme et du corps qui est fondée sur la médiocrité, la faiblesse de la plupart des hommes, son mari n'avait pas voulu ou pu la dominer pour eux deux. Eh bien ! sans doute ne méritait-elle pas mieux. Ici, une modestie, une résignation l'emportèrent chez Violette. Il lui semblait malgré tout ce déchirement actuel, qu'elle avait beaucoup aimé René, qu'elle s'était bien engagée en le choisissant. Elle pensa qu'elle ne pouvait mieux faire que de s'en tenir à ce choix, de continuer à tirer parti de ce que cet ami de tous les jours pouvait lui donner. Pour le reste... car le plaisir coupé dans sa racine n'était plus qu'un reste... avec un peu d'adresse et de bonheur, on peut toujours accommoder les restes. Son âme resterait ici et son corps irait ailleurs. Elle entrevit nettement l'infini manque à gagner, la misère profonde qui en résulteraient pour cette âme et pour ce corps que la puissance d'un homme aurait pu fondre en un seul grand être croissant, entrelaçant les suggestions spirituelles et corporelles, se multipliant en images incessantes, dans un palais riche en miroirs.

Mais elle ne voulut pas ou ne put pas déplacer son orgueil ; elle le laissa où elle l'avait mis.

Elle avait attendu longtemps, mais quand elle avait

accepté ce mélomane, ç'avait été pour ne pas attendre plus longtemps. Seulement l'autre profita de l'attente : le plaisir refoulé cria d'aise. D'ailleurs, cet homme l'avait désirée vivement ; le désir de cet homme n'était pas obéré comme celui de René par une sorte de mauvaise conscience.

Elle espéra perdre la tête, quelques jours ; mais bientôt elle vit que le mélomane ne serait pas assez fort pour l'arracher à René, à tout ce tissu de délicates habitudes. Elle se trouva décidément faible, hantée par des hommes faibles. Elle pleura, ce fut l'heure la plus intense de sa vie. Mais cette heure intense ne fut que ça.

Elle revint au mélomane et se saoula de plaisir. Le corps d'un côté, l'âme de l'autre. Elle n'avait pas été plus forte que le catéchisme.

Et maintenant, elle regardait René avec des yeux calmes où le regret était très lointain.

René prit un temps pour pouvoir répondre sans trop d'amertume.

— Je sais.

— Tiens.

— Je n'ai pas été capable de le deviner moi-même : je l'ai entendu dire.

— Hélas !

Comme elle était blanche et ferme dans sa blancheur :

— Je voudrais que tu ne me demandes rien. Je voudrais ne rien te dire.

— Je sais ce que tu me donnes, je sais ce que tu lui donnes.

— C'est probable.

— Tu ne me feras pas un compliment si tu ajoutes que tu ne veux pas me quitter.

Ils pleurèrent sur leurs deux misères que l'amitié ne

pouvait plus refondre ensemble, mais seulement masquer sous le confort de la compréhension.

Ils pleurèrent dans un de ces appartements nus selon la mode de ces années, sous la lumière amortie de l'électricité.

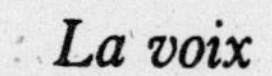

La voix

— Gille était à Rome, au mois de janvier, raconta François. Le soleil d'hiver sonnait une note cristalline dans le ciel ; tout ce qui était vieux en paraissait jeune pour tromper cet homme venu du Nord. Il ne cherchait que le soleil qui est de tous les temps ; mais, fardée de lumière, une beauté d'ombre se levait des vieilles pierres, elle voulait le captiver et l'entraîner vers le mirage de ce qui est révolu.

Se promenant dans cette ville replâtrée, Gille en repoussait le charme pernicieux. Il a horreur des musées où les belles œuvres lui apparaissent comme des jeunes filles mortes, dérobées à l'amour ; il frissonne de regret à l'aspect de tant de beaux corps qu'il n'aura pas connus vivants ; il veut aussitôt se rejeter vers des lieux libres pour façonner de nouvelles images du monde qui reçoivent de lui et de ses compagnons les premiers baisers.

Certes, on peut aller parmi les ruines pour y prendre une leçon de la jeunesse, renversée là. Dans la matière fatiguée, on peut ressaisir la trace du feu, y reconnaître qu'il n'est nulle recette, pour frapper d'un ciseau décisif la masse de l'univers, que la Raison, canevas généreux dont s'empare la passion.

Mais, depuis quelque temps, les ruines ne sont plus interrogées par le génie magnanime. Les cœurs actifs, dans tous les arts, achèvent une aventure qui est trop mûre pour se nourrir désormais d'autre chose que de sa propre substance. Ils n'ont plus le loisir, pendant le temps qu'ils sont encore au travail, de revenir aux sources. Les arts ne peuvent plus nous montrer que la dernière verdeur d'un arbre social et religieux qui est mort. Sans doute, l'humanité va cesser d'être artiste pour reconstruire une société et une conception du monde qui s'exprimeront plus tard par des moyens inconnus.

Il faudra bien que Rome meure. Le passé finira par manquer à ces esprits lâches et paresseux qui se vantent de l'aimer seul et de participer à la force d'autrefois parce qu'ils ne hantent que les débris qu'elle a laissés. Le passé achèvera de tomber en poussière ; il ne leur restera rien de leur philosophie de rentiers, professeurs de l'histoire de l'art ou écrivains qui ressassent la nostalgie. Et ils haïssent tout ce qui dérange cette fin de digestion qui remplit leurs boyaux pourris ; ils haïssent ceux qui ont héroïquement peur de la mort. Les convulsions de ceux-ci qui essaient de s'arracher au charme funéraire les épouvantent ; il est vrai que ces convulsions peuvent être hideuses.

« Ces gens-là parlent de l'ordre, songeait Gille ; l'ordre qu'ils veulent dans la société, dans toute l'activité humaine, ressemble à cet ordre apparent qui naît du vide dans ces palais déserts. Une propreté, une immobilité, un silence de musée, voilà tout ce qu'ils demandent encore à la vie. Ce qu'ils veulent là, ils l'auront bien mieux dans leurs cercueils. »

Il bondissait par-dessus les lentes décrépitudes pour

atteindre au terme même de la mort. Là il se sentait près de la renaissance qui suit inévitablement toute mort. C'est pourquoi se promenant dans Rome — il l'avait fait aussi souvent à Paris — il finissait par retrouver de la joie à voir les progrès évidents que fait partout la décadence en dépit de l'effort des conservateurs. Tout l'or de l'Amérique ne suffira pas à maintenir debout ces vieilles momies. C'est en vain que les princesses américaines s'enferment dans ces murs ; leur fausse jeunesse, leur poudre aux yeux ne nous empêchent pas de voir l'allègre moisissure.

Gille aimait donc se promener sur les lieux les plus anciens, où la tentative des embaumeurs est plus dérisoire. Dans le Forum, ce vieux village écrasé, ce square rempli de cailloux ramollis, il se gonflait d'espoir. Les temps sont proches, s'écriait-il ; la face de la terre sera renouvelée.

Il était architecte et construisait des usines. Ces huttes gigantesques, c'était la détresse avouée qui peut être la grandeur décevante de ce temps. Il avait pris son parti, sauté bravement sur le dos de la chimère moderne qui l'emportait dans un vent rageur. Il étouffait tous les regrets qui dissolvent la force mâle.

— Mais Gille était à Rome à cause d'une femme, et non pas pour regarder la mort, interrompit Marcel, qui écoutait François avec contrainte.

— Certains hommes, reprit bravement François, ne peuvent faire un pas sans que se lève une femme qui représente l'idée de la saison. Il y a des villes et des femmes qui ressemblent à la mort.

En tout cas, ce matin-là, Gille s'était promené dans les Thermes, reste d'un établissement de basse époque où la mort a arrangé une simplicité menteuse. Puis il s'était fait ramener au Pincio où il y a quelques nobles allées, enfin il déjeunait sur la terrasse du restaurant qui est au faîte de ce parc et d'où l'on a sur la ville un regard d'autant plus satisfaisant qu'elle n'est pas encore noyée dans le flot de ses bâtisses et que, considérée par certains côtés, elle peut montrer tout son système qui est plus petit que le tour d'horizon. Au-delà du Tibre, Gille pouvait poser ses yeux sur des champs : le contraste de la terre libre avec la terre chargée de maisons maintient là des valeurs qui ne peuvent montrer les cités perdues dans la pléthore de la pierre comme Londres ou Berlin. A Paris, il y a encore quelques traces d'une situation agreste : la Seine s'ouvre sur des jardins. New York est en pleine mer ; du moins, c'est ce qu'on peut croire un moment quand on y arrive.

Gille déjeunait tout seul, isolé, à un bout de la terrasse. Il avait oublié les gens qui déjeunaient derrière lui et qui en cette saison étaient heureusement des Romains. La lumière de ce soleil d'hiver était si chaste et si subtile qu'il lui semblait qu'il était ravi devant un dieu. De plus, Rome est d'un beige tirant sur le gris, avec des roses qui le lient à lui-même par des intervalles infiniment dégradés. Cette teinte, sans être plate, ne rebondit donc pas en touches surprenantes comme fait la couleur d'autres villes façonnées dans une pâte plus ardente. Cette mielleuse patine qui accueille le soleil avec une réaction unie mais voluptueuse, lui permettait de voir l'unité de son âme, de s'y absorber peu à peu.

Il espère toujours, il ne regrette jamais. Car, à chaque femme nouvelle, à chaque œuvre entreprise, c'est toujours le même pas qui reprend et qui s'accroît.

Les anciens thèmes se rejoignent aux nouveaux et ne se laissent point dépasser. Chaque femme vient épaissir la chair de plus en plus résolue de cette seule femme qui marche devant lui, et porte son idée, en sorte que dernière, chargée de la flamme de toutes les autres, elle vaincra et l'entraînera à jamais dans les sentiers invisibles. Au comble de l'extase, il en vint à oublier tout détail cruel de son passé ou de son présent.

— On peut donc oublier les humains ? coupa Marcel.

— Il est des heures de plénitude pour chaque homme digne de ce nom, où il se trouve haussé sur les terrasses. Les muezzins changent chaque nuit ; peut-être ce matin-là était-il l'homme qui s'était levé dans Rome avec l'idée la plus forte. Et il s'attardait dans l'altitude, son âme paissait longuement l'étendue bleue. L'homme qui est ainsi à l'extrême pointe de tous les hommes, semble les laisser. Mais le muezzin descendra bientôt par l'escalier tournant et il se refondra dans la foule.

En effet, quelque chose se glissa dans le silence doré de Gille. C'était quelque chose d'infime, d'insignifiant qui par instants se détachait peut-être du murmure continu, indistinct que faisaient les petits fracas ordinaires autour de lui. Ce bruit qui allait et venait, qui se rapprochait et qui s'éloignait, incertain et fantasque, indifférent, c'était une abeille égarée auprès de son oreille, venue d'un essaim dont l'activité se confondait avec la lumière du soleil. Gille l'entendit d'abord sans la remarquer, puis, l'ayant remarquée, l'oublia ; puis y prêta peu à peu attention. Il attendait qu'elle revînt. Le détail inégal du monde qu'il avait effacé reprenait son relief.

Cette mouche perdue, il admit que c'était un bruit familier, une réminiscence. Était-ce le grincement d'une grille à la campagne ? La première corne d'auto au réveil à Paris ? Où était-il ? Dans quel lieu et dans quelle année ? Il se remua un peu pour chasser ou pour attraper ce vol agaçant. Mais s'il buvait du mauvais café, il fumait un long cigare odoriférant ; il était bien étayé entre la table et deux chaises ; il ne pouvait rien voir du restaurant derrière lui ; tout cela lui faisait une situation apparemment bienheureuse. Son geste eut de l'effet, le bruit s'écarta. Il crut retomber dans sa torpeur légère, il était le cordial disciple du soleil, étalé devant son dieu.

Pourtant il était réveillé. Dans l'immense unité de Rome, il lui fallut mettre un accent. Un toit de tuiles, au-delà de la place du Peuple, se détacha discrètement. Le puissant magnétisme de masse, suspendu au-dessus de la ville où semblait somnoler tout l'univers, se défit : une précision délicate le séduisait. Le monde devenait cette mince chose à caresser. Est-ce que l'idée, ce n'est pas cette étroite sensation là-bas, cette tuile qui se recuit avec une douce patience, pour que son rose soit à la fin ce murmure qui vous saisit le cœur ?

Le murmure reprenait, précis. Il ne s'y trompa plus : ce bruit était une voix. D'un seul coup, la sensation obscure passa dans la lumière, en déchira les tissus légers et brillants, occupa toute la place. Sa femme était derrière lui.

Gille se tassa dans ses chaises et fit le mort. Il regarda son cigare entre ses doigts, comme, sans souffler, le fugitif, blotti au fond d'un fossé, fixe une parcelle de la terre silencieuse, pour se pénétrer de sa vertu anonyme, tandis que ses poursuivants approchent.

— C'est vrai que Gille a été marié cinq ans à

Valentine Bléchamp. Quel était son nom de jeune fille ? Je l'ai rencontrée à Angora. Bléchamp voyage beaucoup, il est dans des affaires de...

— Je suis des rares qui croient que Gille a du cœur, enchaîna François qui répondit aux secrètes gloses de Marcel. Pourquoi n'en aurait-il pas autant que vous et moi ? Mais il n'a jamais permis aux gens qu'ils eussent de l'indulgence pour lui. Vous l'avez toujours entendu se condamner d'un ton tranchant. Son histoire avec Valentine a amorcé la légende. On n'a jamais su pourquoi il l'avait épousée. Les uns ont dit que c'était pour son argent ; elle en avait, mais il venait d'hériter cette fortune qu'il a mangée depuis, et pendant qu'il était avec elle, il lui a donné de bien beaux bijoux. Elle a la réputation de bien parler : Gille n'a jamais aimé que des femmes muettes, ce n'est pas ce qui l'avait attiré, j'en suis sûr.

— Elle est très bien faite, elle s'habille très bien, elle a énormément de grâce... sans avoir aucun charme d'ailleurs.

— Oui, mais vous ne l'avez pas connue comme moi, au temps de Gille. La maladie de n'être pas aimée étendait quelque chose de terne sur sa toilette, sur sa peau.

— Il s'était trompé, voilà tout.

— Non, Gille ne s'était pas trompé. Il m'en avait parlé. Il était très conscient des mérites de Valentine. Simplement, Gille n'est pas un mari.

— Mais aucun d'entre nous n'est un mari.

— Oh ! que si ! Il avait fait à Valentine une cour vive et épuisante comme on la fait à une femme d'un jour. Pendant un an, elle parut paisiblement heureuse ; lui, excessif dans ses transports, et d'ailleurs inquiet. Au bout d'un an, il lui dit qu'il en aimait une autre et qu'il partait. On lui a beaucoup reproché sa brutalité. Mais Gille n'avait pas l'usage du bonheur, il n'avait point l'idée que ce soit une chose qui existe. Avant Valentine, il n'avait connu que des joies furieuses, bientôt amères. Il ne doutait pas que Valentine ne fût comme lui, comme tous les hommes et toutes les femmes qu'il remarquait, destinée elle-même à la carrière harassante des passions. Il fut donc tout à fait dérouté par la douleur qu'elle montra, qui lui parut extraordinaire, qui rendait un son jamais entendu. Il n'avait connu que des femmes, jamais des jeunes filles. Or, la douleur des jeunes femmes, c'est l'affreuse douleur des jeunes filles, centuplée : ce n'est plus seulement le cœur qui est déchiré, c'est le ventre.

— Je me garderai bien d'être subtil en cette matière ; car que direz-vous de la douleur des femmes qui vieillissent et à qui on arrache un amant ?

— Au-delà d'un certain âge, tout est douleur. C'est pourquoi je mets au-dessus la douleur des jeunes. Valentine supplia Gille de ne pas divorcer. Gille, qui ne songe guère aux formalités, accéda volontiers à son désir. Il pria même sa maîtresse, qui était étrangère, de rester à Paris, pour qu'il pût être souvent auprès de Valentine. Il n'avait jamais eu de sœur ni de mère ; il regardait avec une curiosité émue cette sœur qui lui était née. Il inventait gauchement des gestes pour la consoler, lui apprendre la vie. Mais avec l'autre il était redevenu l'amoureux hardi qu'il avait toujours été, qu'il est encore.

L'autre passa ; Gille ne revint pas à Valentine,

mais il put lui accorder encore plus de soins. Vous ricanez, mais Valentine m'a dit qu'il l'avait sauvée, qu'elle se serait tuée s'il était parti.

— Ne me demandez pas de juger votre Gille.

— Oui, revenons à ce soleil de janvier. Gille est arraché à ses enchantements éthérés.

A peine avait-il reconnu la voix de Valentine qu'il fut envahi par une surprise, par une gêne qui en quelques secondes devint atroce, qui l'excéda, qui l'anéantit. Sans bouger, sans tourner la tête, en fumant au soleil un cigare qui semblait le plus désinvolte loisir, il vieillit.

Il entendait une voix calme, qui coulait sans effort, d'un débit égal. Cette voix était un peu plus basse qu'autrefois, elle s'arrondissait dans un organe plus ample et plus robuste, c'était presque un contralto maintenant. Mais elle était comme enveloppée, comme endormie. Elle semblait prise dans un réseau qui l'avait matée et étouffée. Cette voix, palpitante jadis, était comme un poisson mort dans un filet, elle ne vibrait plus. Elle était devenue imperméable et ne se nourrissait plus du frémissement universel. Le rire et le silence y passaient sans y ouvrir des profondeurs. La voix qu'il avait reconnue était méconnaissable.

Il avait gardé dans l'oreille la trouble résonance d'une voix irrégulière, qui hésitait, qui se perdait pour renaître, timide ; se gonflait avec une pétulance juvénile et soudain se brisait dans des acuités maladroites. Cette voix n'était pas détachée de sa source, elle chantait parfois avec une naïveté touchante. Mais surtout, au milieu de ce soleil, dans cet air aujourd'hui frappé sans pudeur, il se rappelait la voix de la nuit quand il revenait à elle, animé par une pitié qui quelquefois lui parut plus ardente que le désir. Il avait pris Valentine avec beaucoup de douceur, et maintenant elle reposait auprès de lui. Il s'absorbait dans un douloureux effort pour ne pas dormir parce qu'il sentait son éveil et qu'il ne voulait pas insulter à ce silence vif. Elle s'enhardissait et elle parlait, et les premiers éclats de sa future force de femme étaient encore roulés dans ce gémissement de colombe. Avec des tâtonnements imprécis, avec cette faiblesse si pitoyable de la femme devant son premier amour, elle essayait de trouver un chemin pour entrer en lui. Mais la pudeur ne pouvait venir à bout de ce cœur encore dur : Gille n'avait alors que vingt-cinq ans. La plainte de la colombe se gonflait doucement, se brisait, reprenait, remplissait la nuit de sa blancheur duveteuse. Et lui peu à peu cédait, s'atténuait, mais c'était pour s'endormir. Au matin, il retrouvait un visage consumé : elle avait veillé pendant des heures, blottie contre lui, buvant sa présence comme elle aurait fait de l'abandon le plus passionné.

Et maintenant coulait cette voix fort éloignée de son origine, qui ne se déchirait plus aux cascades de la montagne, qui s'étalait dans une plaine paisible ; cette voix pleine de limons, opaque, sans transparence, sans reflets. Gille aurait pu saisir toutes les paroles qu'elle charriait tranquillement, mais son attention était engourdie et le son restait pour lui compact et sans fissures.

Il ne se retourna pas, il ne songea pas une seconde à se retourner. Il avait une crainte qui le crispait d'être obligé de tomber sur des détails anecdotiques : avec qui était-elle ? son mari ? un amant ?... Une autre voix, en effet, répondait à la voix qu'il écoutait, elle était lointaine, c'était un grondement sourd, comme celui que fait un moulin en froissant les eaux qui passent dans sa roue.

Il ne bougeait pas, son cigare s'était éteint. Il regardait le soleil.

« Après cela, que croire ? », telle était sa plainte.

Je dois vous dire que Gille ne s'arrêta pas du tout à la pensée que je lis dans vos yeux et que vous accueillez avec trop de complaisance : qu'il était plein de dépit. Il y avait longtemps que Gille ne confondait plus le pouvoir de sa personne avec les mouvements de l'amour. Il avait aimé, il avait été aimé ; il avait vu les victoires et les défaites se succéder et se mêler ; il savait comment on se prend et comment on se quitte. Toute vanité était morte en lui, il était soumis au flux et au reflux.

Mais il était encore jeune ; peut-être trente-deux ans ; et il ne lui avait jamais été donné de surprendre, comme à ce moment, le travail de la vie sur les âmes dans son implacable uniformité. En plein soleil, il s'enivra tristement d'entendre l'oubli ronger la terre d'un seul flot vaste et lent.

Lui, Gille, certes, il n'était rien, mais il y avait cette réalité à laquelle il avait cru, Valentine. Or, qu'il fût encore quelque chose dans la substance de cet être, c'était la condition même que cet être fût. Si Valentine l'avait oublié, c'est que Valentine s'oubliait. Si elle s'oubliait si totalement, alors elle n'était point. Alors, est-ce que tout l'univers se défaisait ainsi ?

Il écouta encore, avec une insistance suppliante. Non, décidément, il n'était plus dans cette voix qui avait subi une métamorphose aussi puissante que celle des saisons. Pas le moindre accent auquel il pût se raccrocher. Découragé, allait-il donc s'abandonner à l'écoulement impitoyable ?

L'Humanité n'est-ce donc que la Nature ? La mémoire n'est-elle pas plus forte que la terre ? Pourrissons-nous dans le cœur de ceux qui nous ont aimés comme dans l'humus de la tombe ?

— Ce fat ne pouvait se résigner à se confondre avec les éléments. Vous me l'avez montré dans le soleil, mais il n'en recevait pas la leçon.

— On dit que le soleil de Rome est l'ami des hommes de proie et excite leurs féroces illusions. Vous croyez que Gille regrettait une proie. En tout cas, les fauves aiment plus leurs proies qu'on n'imagine. Mais Gille va vous donner raison... Sans doute, sa femme avait-elle commencé de déjeuner longtemps après lui, car la voix coula pendant un temps interminable. Et avec le temps la révolte s'usa. Gille souffrait ; l'oubli dont il souffrait, il en vint à le souhaiter pour sa souffrance. Gille avait été décontenancé par l'ampleur du spectacle que la nature lui avait mis sous les yeux, mais la souffrance, pourtant, n'était pas dans ses veines un poison nouveau. Il en vint donc à remarquer que ce qu'il acceptait pour Rome, il ne l'acceptait pas pour lui, et que cette différence était injuste. Pourquoi voulait-il survivre dans le cœur de Valentine, alors qu'il rejetait aux ordures les beautés de Rome avant qu'elles n'eussent fini leur lendemain ?

Pour moi, je vous avouerai que je vois là une confusion qui fut l'effet de sa fatigue. La brève existence d'un individu ne peut s'accommoder de l'oubli comme la longue histoire humaine. Le génie de l'Espèce a peut-être le temps de reconstituer ses vertus au fur et à mesure que se désagrègent les œuvres qui en témoignent. Mais nous, misérables individus, si nous faisons fi de la mémoire, comme l'avenir se rétrécit tous les jours, où poserons-nous nos pieds ? J'en veux à Gille, s'il oublie la folle et miraculeuse exigence humaine devant les prestiges abrutissants de la Nature...

Du reste, il n'alla pas jusqu'à admettre la dissolution de toute chose : il s'en remit à une pensée assez délicate et assez fière. « La passion prend rang d'éternité aussitôt qu'elle éclate ; inutile donc de prolonger une explosion qui déchire le temps, et qui envoie au ciel pour qu'il y reste, à jamais à l'abri, le meilleur de l'humain. » Valentine l'avait aimé, cela devait lui suffire. Quelque chose en elle continuait de l'aimer, sans doute, mais dans des profondeurs où déjà une partie de son être goûtait à l'éternité et que ni lui ni elle ne pouvaient évoquer.

Gille ne bougeait pas ; il ne remuait pas le petit doigt de peur de troubler le mystère qu'il achevait de sentir.

Enfin il y eut un bruit de chaises, de pas. Des corps le frôlèrent, s'arrêtèrent derrière lui. Il y eut un silence. Il fronça les épaules dans la terreur d'être reconnu ; il craignit que cet être vivant ne fût amené à déranger l'apparence de mort dont maintenant il admettait la nécessité pour lui comme pour Rome. Tout s'éloigna, les pas, la voix.

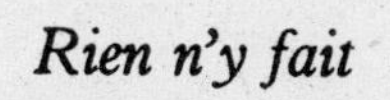

Rien n'y fait

Depuis une heure, toutes les personnes qui ne jouaient pas et qui formaient un cercle autour de la maîtresse de maison, discutaient en tumulte. Le dialogue de Gille avec Jérôme finit par absorber tout le débat.

— Aucun vice n'est incurable. La jalousie pas plus que les autres. Les vices se développent et se fixent à la faveur des circonstances ; or, les circonstances peuvent...

— Toutes les circonstances sont bonnes pour qui a choisi son vice depuis sa naissance. J'ai aimé en jaloux ma gouvernante, ma mère et mes camarades avant les femmes.

— Mais, enfin, répliqua Jérôme, en haussant le ton, tu reconnaîtras qu'il y a des cas où le jaloux peut être nettoyé et vidé de son soupçon. La vie a toutes les fantaisies : elle peut aussi bien s'offrir celle d'écraser un jaloux sous une preuve irrécusable. A la suite d'un tel coup, il me semble qu'un jaloux sera guéri de la jalousie.

— Ah bien, oui. Tu n'y comprends rien. Il n'y comprend rien, dit Gille en prenant les autres à témoin.

Les autres branlaient la tête dans un sens ou dans l'autre. Mais la maîtresse de maison soutint Gille d'une mimique péremptoire. Alors Gille, encouragé, reprit :

— Tiens, je vais te raconter une petite histoire qui répond directement à ce que tu viens de dire. J'étais encore assez jeune, je n'avais pas trente ans...

— Très jeune, s'écria quelqu'un.

— Non, assez jeune. Pour moi, après vingt-cinq ans, vous savez...

— Et vous écoutez un fou pareil, grogna Jérôme.

— J'avais rencontré, au Maroc, une femme dont j'étais devenu tout de suite très amoureux. Nous nous étions trouvés dans les conditions miraculeuses du voyage : chacun libre, séparé de son milieu, paraissait à l'autre pur et mystérieux. Nous avons passé ensemble deux beaux mois : je me contraignais à ne point l'interroger sur son passé et elle vivait au jour le jour auprès de moi, comme quelqu'un de libre, ou avec cette puissance d'oubli des femmes.

— Gille ne comprend absolument rien aux femmes. Il croit, par exemple, qu'elles n'ont pas de mémoire, ou qu'elles ne sont jamais vraiment jalouses. Enfin, c'est un idiot. Mais qu'il continue.

C'était la maîtresse de maison qui venait de parler, de sa voix grave de belle grande femme, interrompue soudain d'un rire sonore.

— Ou avec cette puissance d'oubli des femmes. Mais je dus rentrer à Paris. Rosita me déclara qu'elle voulait y rentrer aussi et y vivre avec moi. « Puisque tu as de l'argent, c'est facile. Mais si tu n'en avais pas, ce serait la même chose. Si un jour, tu n'en as pas, je vendrai mes bijoux et mes meubles — car j'ai un appartement à Paris. » C'est alors qu'elle me raconta que, sans me prévenir, trois jours après notre rencontre, elle avait rompu par télégramme avec l'homme qui depuis cinq ans l'entretenait et se promettait d'assurer bientôt son avenir de façon définitive. Je fus surpris et transporté.

La maîtresse de maison, qui semblait bien connaître Gille, fit un nouveau commentaire :

— Gille croit que les femmes n'ont aucun courage.

— Je fus transporté et j'emmenai Rosita. Mais, à Paris, tout changea quand j'entrai dans son appartement. Jusque-là, Rosita avait été pour moi exactement la femme que ses gestes me décrivaient, une femme simple — silencieuse ou rieuse — directe, s'offrant avec pudeur, c'est-à-dire sans réserve mais aussi sans hâte, à une volupté dont elle s'imprégnait peu à peu. Mais maintenant tous ces objetes laids et futiles qui encombraient sa chambre et son boudoir s'imposaient à mes yeux comme des tenants et des aboutissants. Qui avait donné ces objets ? Qu'avaient-ils vu ? Il n'y a rien qui touche à un être qui ne lui donne un sens. Quels replis de sa nature avaient sécrété des symboles si affreux ? Je commençai à la questionner.

A la première question, elle me regarda d'un air surpris. Ensuite, une assez longue réflexion lui donna de la détresse. Enfin, elle me répondit avec de la résignation et de l'ennui. Comme tous les jaloux, je croyais être invisible. Mais d'un seul coup — j'en suis sûr maintenant — lui apparut ma vraie nature, gardée en veilleuse jusque-là par les circonstances, les heureuses circonstances.

J'avais beaucoup à travailler dans la journée, mais le soir je rentrais vers sept heures dans cet appartement qui était devenu le mien. Je n'avais aucune honte à profiter de ces meubles qui avaient été achetés par un autre ou par d'autres : il y a tant de femmes à Paris qui vivent de l'effort solidaire des hommes. D'ailleurs, je supprimai les plus laids et je les remplaçai par de plus simples et de plus commodes. Et un dimanche j'avais fini de balayer toutes les saletés qui encombraient les tables. Rosita me regardait faire et doucement, avec cette merveilleuse et décevante plasticité des femmes, elle s'offrait, elle et sa maison, à l'intrusion de mes goûts.

— Gille croit que les femmes n'ont pas de personnalité.

— Elles en ont une le jour où elles sont trop vieilles pour mollir encore sous des mains nouvelles. Mais pour en revenir...

— Oui, si nous en venions au fait, ricana Jérôme.

— ... En touchant et en maniant tous ces objets, j'avais douté plus que jamais que tant de choses pussent être abolies, et encore moins en elle qu'autour d'elle. Mais je lui dis : Sortons !

Nous allions dîner dans une boîte, danser dans une autre. C'était, pas si longtemps après la guerre, le temps des dancings. Nous dansions, et ces rythmes anonymes chaque soir me refondaient avec Rosita. J'oubliais, je ne cherchais plus. Il n'y avait plus que cette suffisance de notre corps double et si familier avec lui-même, absorbant à longs traits tout ce qui l'entourait, se nourrissant de toutes ces chaleurs, de toutes ces sueurs.

Mais un homme ou une femme reconnaissait Rosita, lui faisait un signe. Elle répondait sans mot dire, d'un mouvement de tête, avec sa dignité de brune aux traits nobles, à la taille cambrée, aux paupières basses. Et chaque fois elle se serrait davantage contre moi avec une douce contraction de tous ses muscles. Mais ce signe avait rompu le charme, il fallait que je m'assoie, que je boive. L'interrogatoire reprenait.

D'abord, j'avais tâtonné et erré. J'avais cherché du côté de l'homme qui payait. « Il m'aimait ; je le tenais complètement », m'avait-elle dit. J'avais senti dans sa voix une profonde considération pour cet homme, qui, à cinquante ans, avait gâché son ménage et fait des dettes pour elle ; il me semblait que parfois le respect devenait de la crainte, puis de l'épouvante. « Il a sangloté toute une nuit sur ce divan parce qu'il doutait de me faire plaisir. Et, le lendemain, il ne voulait pas aller à un conseil très important. » Oui, elle avait été épouvantée par la violence du sentiment qu'elle provoquait. Mais surtout pendant qu'elle se souvenait et racontait, elle était épouvantée du danger qu'elle avait couru : elle avait manqué d'être envoûtée par cet effort désespéré d'un homme qui, ayant beaucoup travaillé, s'était avisé de vivre trop tard et voulait se ressaisir sur un corps si souple, si libre, de sa propre jeunesse morte. « J'avais honte, moi, femme de rien, de briser un homme. J'aurais voulu lui donner ma jeunesse contre celle que son argent lui avait coûtée. »

Alors, je me demandais si elle n'avait fait que frôler cet amour comme un risque, si elle n'y avait pas été prise. Et si elle y avait été prise, elle y serait peut-être reprise demain, soudain. Avait-elle vraiment rompu avec lui ? Les affaires de cet homme étaient au Maroc, mais maintenant il était à Paris. N'était-il pas grandi par le désespoir ? Fascinée par ce désespoir, ne le voyait-elle pas deux ou trois fois par mois, avec trop de bonté ?

Un soir, une femme vint s'asseoir à notre table, une poule assez belle, tout à fait vulgaire, fatiguée, saoule. Elle tutoyait Rosita, et se raccrochait à elle qui l'avait connue au temps de sa beauté. Avec cette pâteuse complaisance dans les souvenirs qui est tout l'alcool, pendant vingt minutes elle accabla Rosita de réminiscences et d'allusions. Rosita avait eu tout d'abord un moment de plaisir en la revoyant, puis elle s'était inquiétée du mauvais effet que, visiblement, cette ancienne compagne produisait sur moi. « Laisse-nous, je voudrais danser », répétait-elle. Enfin l'autre conclut : « C'était le temps d'Antonio. »

J'éprouvai aussitôt cette sensation de soulagement que le jaloux éprouve à deux moments différents, quand d'abord il débouche sur une piste, et plus tard, quand il arrive au bout de la piste, au but, et qu'il touche à la réalité d'un autre amour.

Rosita s'était levée : « C'est notre tango. » Comme il était à prévoir, je lui répondis mécaniquement : « Tu l'as beaucoup dansé avec Antonio ? »

Au moment de la reprise du tango, je lui dis encore : « Tu ne m'as jamais parlé d'Antonio. » — « Si tu veux, je t'en parlerai », me dit-elle tranquillement en me regardant avec ses yeux noirs, d'une eau si pure qu'ils paraissaient limpides comme des yeux bleus.

— C'est encore long ton histoire ? demanda Jérôme en bâillant.

— Taisez-vous, dit la maîtresse de maison, il n'y a que ça de vrai, les histoires.

— Dès lors, ma voie était tracée, je n'avais plus qu'à penser à Antonio. Tous les jours, je reprenais la question d'Antonio. D'abord, Rosita avait montré quelque velléité de défense. Elle m'avait fait un récit rapide, net, et avait terminé en disant : « Je t'ai tout dit, ne me demande plus rien. » Mais rien ne pouvait me convenir moins que ce récit qu'elle avait posé devant moi comme un objet. Il me fallait le briser pour pouvoir avec ses morceaux blessants composer un autre objet selon mon vice.

« Qu'est-ce qu'un jaloux, Jérôme ? s'interrompit Gille.

— C'est un raseur.

— C'est un rêveur. Ce que je voulais, c'était retrouver dans cette femme qui m'absorbait et me tirait hors du monde, la diversité périlleuse du monde. Il fallait qu'elle fût diverse, dangereusement diverse comme le monde. Il fallait au moins qu'elle fût double. Je ne pouvais admettre que cette peau de satin et dont l'odeur naturelle était un chypre sauvage, se limitât à mes mains, à ma bouche, à moi ; il fallait qu'elle eût besoin d'autres agrafes dans le monde, il fallait qu'elle eût un Antonio. Il y a dans le jaloux une générosité douloureuse. Et si elle avait eu un Antonio, tôt ou tard, il lui faudrait un autre Antonio. Ne l'avait-elle pas déjà en cachette pour me compléter ou me compenser ? Que faisait-elle toute la journée, pendant que je travaillais et gagnais de l'argent pour elle ? »

Gille haussa les épaules et but du whisky. Jérôme le regardait avec des yeux maintenant étonnés, un peu envieux. Il n'avait jamais été jaloux.

— Mais, enfin, qu'est-ce que c'était que cet Antonio ? se laissa-t-il aller à demander.

— Rosita était née à Alger, d'un père normand et d'une mère espagnole. A vingt ans, elle avait été enlevée par un fils de famille qui l'avait installée dans une propriété du côté de Constantine. Elle s'était donnée à lui avec l'élan moral de la jeune fille. Mais au bout de cinq ans, il l'avait trompée, ce qui avait brisé en elle l'élan moral. Par cette blessure allait entrer le venin puissant de la vie. Et, un jour, elle avait quitté cet homme qui, pour se faire pardonner, allait l'épouser. Elle avait couru le monde et avait rencontré Antonio, un danseur professionnel.

— Aïe !

— Antonio était aussi fils de famille mais qui n'avait pas encore hérité comme le premier et qui, impatient, tournait mal. Ils mangèrent ses bijoux, puis elle se fit putain.

— Gille !

— Selon la règle fatale, il la détestait à cause du mal qu'il lui faisait. Il la trompait pour lui prouver son indépendance, puis il la battait quand la préférence le ramenait à elle. Ils avaient traîné deux ans, puis, dans un sursaut, elle l'avait quitté.

Mes questions qui visaient le seul Antonio atteignirent une zone affreuse dans la mémoire de Rosita. Elle avait une idée assez fière de l'homme, or, elle avait couché avec des hommes qu'elle avait dû mépriser et surtout elle avait été le prétexte et le moyen de la déchéance d'un homme. Je réveillais en elle des hontes, des regrets dont elle avait manqué mourir et qui commençaient à se guérir quand je l'avais connue, dont elle avait cru être tout à fait guérie en se donnant à moi.

Et moi, je lui disais qu'elle n'était qu'une bête, que, tôt ou tard, elle retournerait à la bête.

— Tu n'étais donc pas une assez fière bête ? railla Jérôme.

— Je me trouvais un bourgeois trop droit, trop

facilement droit, à côté d'un Antonio que j'imaginais émouvant par ses remous.

Pour tenir mon rôle, je ne voulais plus sortir et je passais la soirée au coin du feu à lire. Au moment de me coucher, j'étirais mes bras, regardais Rosita et lui disais : « Tu t'ennuies, Rosita, tu n'as pas dansé ce soir. »

Elle était allongée sur des coussins, tout près de la flamme, à moitié nue, fumant et froissant les pages du seul livre qu'elle comprît, *Les Fleurs du mal.* « Je suis contente que je puisse te plaire sans lumières et sans musique. » Elle se levait, me regardait de ses yeux paisibles où je cherchais vainement l'ironie et, me prenant par la taille, m'emmenait doucement vers son lit.

Mais, dans ses bras, je lui reparlais d'Antonio. Elle me disait qu'elle avait oublié, qu'elle ne savait plus comment cela se passait, qu'au reste c'était son cœur faible qui l'avait émue, mais non pas tant son corps.

Mais moi, je ne la croyais pas, je ne l'écoutais guère, me plaisant à parfaire l'idée d'un irremplaçable Antonio. Un Antonio lâche, cruel et naïf comme une bête. Ces bêtes-là offrent aux femmes l'idée irrésistible de l'infériorité possible des hommes. Et j'ai dit qu'un jaloux est un rêveur, mais un rêveur, c'est un ouvrier de précision, toujours faisant couler son huile dans les engrenages de sa machine.

Je me disais : tout est trop tranquille, tout est trop sûr, elle aura besoin de retomber dans l'incertain...

— Bref !

— Bref, le temps passa. J'épuisai peu à peu ma

veine, je parlais moins souvent d'Antonio. Je découvris que Rosita me privait de beaucoup de choses, qu'elle me séparait de mes amis.

Ces gens du monde au cœur sec, à la vie calculée, je les avais fuis pour jouir d'une Rosita. Mais, maintenant, leur intelligence aiguisée, leur ruse savante me manquaient. Et quand je les amenais à Rosita elle se taisait, assez fine pour ne pas employer de travers des mots inconnus, trop faible pour user de ses mots à elle, qui auraient été trop vrais pour eux. Je commençai de déserter Rosita. Le printemps arriva, j'acceptai une invitation à la campagne pour quelques jours. Quand je rentrai, Rosita était repartie pour le Maroc. Elle y mourut brusquement, trois mois après, d'une mauvaise fièvre.

— Alors, tu as fini ?

— Je commence. Je ne vous parlerai pas du regret que j'ai eu de Rosita : les bourgeoises qui l'on suivie ne l'ont pas remplacée.

Chacun, et Gille lui-même, regarda la maîtresse de maison. Mais la maîtresse de maison rit de toutes ses belles dents.

— Deux ans plus tard, une nuit, je passai devant Maxim's. Il en sortit un jeune gaillard assez noir et trapu que tirait un chien écossais, toute la langue dehors. Le maître résistait et vacillait au bout de la laisse, le chapeau un peu sur l'oreille. Il semblait gris, mais je ne sais pourquoi l'idée me passa par la tête qu'il feignait de l'être par une puérile vantardise et pour donner une figure à sa mélancolie. « Bien imité », lançai-je. J'allais passer mon chemin, mais l'homme avait levé les yeux vers moi, qui étais beaucoup plus grand que lui. Ses yeux étaient tristes, ils devinrent aussitôt ceux d'un offensé. Ils allaient devenir ceux d'un insulteur quand il sursauta, ramena à lui le chien d'une secousse brusque et se mit en travers de mon passage. Je regrettai ce mot lancé au hasard, qui allait me valoir une histoire absurde avec un poivrot. Mais il ne paraissait pas du tout hostile, la tristesse était revenue dans ses yeux. D'une voix lente et rêveuse, il me dit : « Vous êtes Gille Gambier. Voulez-vous retirer votre chapeau ? » Cela fut dit si gentiment et avec une telle certitude que ce qu'il me demandait était la chose la plus naturelle du monde, qu'avant d'avoir réfléchi, j'avais soulevé ce feutre assez ombreux. « Oui, c'est bien vous. » Alors il me dit son nom.

— C'était Antonio.

— Forcément. Antonio me parla de sa vie présente, avec satisfaction d'abord, puis avec angoisse. Il était marié, il avait des enfants, il était riche, il avait de grandes terres au Maroc et en Algérie, ayant hérité de ses parents et de ses beaux-parents. Il avait ce chien, mais il n'était pas heureux. Il m'avait pris par le bras, avec une familiarité timide, mais pressante, et nous déambulions dans la rue Royale, allant et venant devant Maxim's. « Vous avez été l'amant de Rosita, me dit-il. Je l'ai été, moi aussi. Je l'ai beaucoup aimée, mais j'ai été un chien avec elle. Oui, un chien. » Il était pas mal saoul et son chien le regarda. « Quand un homme est un chien, il est un sale chien. C'était une merveille, cette fille. Jamais, ni vous ni moi, non pas même vous, nous ne retrouverons une femme pareille. C'était une princesse. » Il s'arrêta au milieu du trottoir, toujours tirant sur son chien. « J'ai été jaloux de vous. Ma jalousie était faite de remords et de regret. Je savais bien que je ne pouvais pas vous la reprendre, mais si j'avais été un peu plus fort, elle ne m'aurait pas quitté, elle ne vous aurait pas rencontré. » Il me regardait avec une affection ombrageuse. « Comment, lui dis-je, et soudain tout mon sang bondissait : j'étais de nouveau sur la piste. Vous ne pouviez pas la reprendre ? Vous l'aviez donc revue, pendant que j'étais avec elle ? » — « Oui, naturellement, me répondit-il, sans orgueil. Quand vous êtes parti pour courir après cette femme du monde. » — « Quelle femme ? » demandai-je, ne comprenant pas. Enfin je finis par entrevoir que Rosita avait cru que je la délaissais à cause de Mme Paquel.

— Mme Paquel ? La vieille ?

— Oui, elle ne savait rien sur elle, et croyait que c'était une jolie femme. « Donc, continuait-il, elle a voulu se venger et vous tromper, elle m'a téléphoné. » Nous y voilà, pensai-je et tout mon sang grondait, flatté par l'orage. « Elle est venue chez moi, et elle a pleuré toute la nuit. C'est alors qu'elle m'a montré votre photo que j'ai gardée. Elle vous aimait, elle était folle de vous, et jalouse, et si soumise, en même temps. J'étais couvert de honte. » — « Mais elle pleurait dans vos bras, murmurai-je. » Il me regarda avec des yeux étonnés. « Je respectais son amour et elle m'aurait bien reçu. Jamais je n'aurais voulu recommencer avec elle, après toute la saleté que je lui avais faite. » — « Mais elle était venue pour ça et si vous aviez voulu ? » Il ne pouvait pas ne pas remarquer, en dépit de son état égaré, l'altération de ma voix. Il s'arrêta au milieu du trottoir. « Ah ! vous n'allez pas être jaloux de moi, me jeta-t-il d'un air scandalisé. Ce ne serait pas digne de l'idée que j'avais de vous. Elle m'avait dit quel type épatant vous étiez. » Je m'aperçus que pour Antonio il y avait un Gille comme pour Gille un Antonio. « Ah non, reprit-il d'une voix sombre, vous pouvez être tranquille, elle vous aimait, elle était toute à vous. Et au Maroc encore, j'ai su par des copains qu'elle ne pensait qu'à vous. Et puis de mon temps, elle était froide : eh bien, dès que je l'ai revue, j'ai bien compris que... »

— Gille, Gille.

— Il finit par pleurer. Il pleurait sur elle et sur la honte. Enfin pendant une heure il me prodigua toutes les certitudes. « Vous comprenez, elle était venue chez moi avec l'idée de vous tromper, oui. Mais quand elle est entrée dans ma chambre, je l'ai vue fermer son manteau. Elle a fumé vingt cigarettes et elle est partie. »

— C'est fini.

— Oui. Je n'ai jamais cru cet homme tombé du ciel.

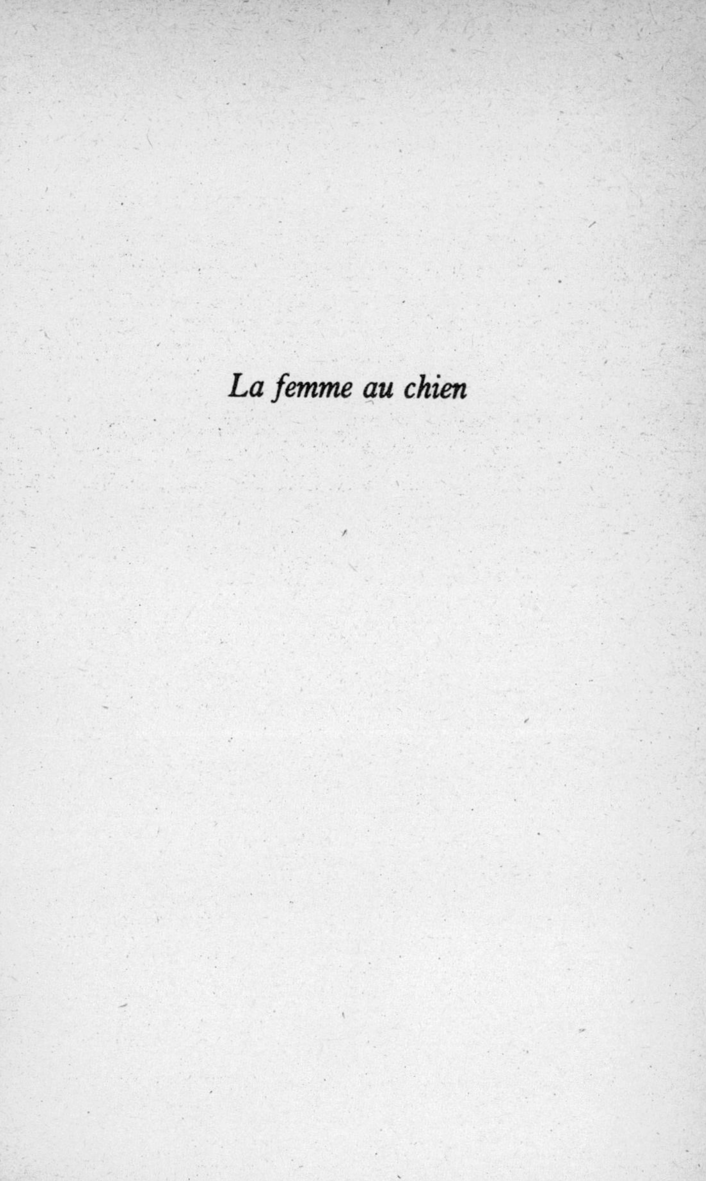

La femme au chien

J'ai horreur de la Côte d'Azur.

D'ailleurs, j'ai horreur de toutes les côtes. Imaginez qu'autrefois l'Europe était une presqu'île frangée de sauvagerie. Vous pouviez aller de la Norvège à la Dalmatie en suivant un désert à peu près continu de dunes, de grèves, de falaises où s'ébattaient les vents fous, chargés de rumeurs poétiques : les Européens n'allaient pas à la mer. Aujourd'hui, ils y vont. Certes, ils ont raison. Il était même grand temps qu'ils y aillent, car ils seraient bientôt morts d'étiolement au fond de leurs villes. Il était grand temps qu'ils s'élancent vers les plages — ou les pentes des montagnes — pour aspirer l'air vrai et renaître.

Mais ils ne sont qu'au début du temps nouveau. Et le réveil de leur instinct est encore grevé de toute la sénile laideur qui s'était, depuis des siècles, lentement appesantie sur eux. L'immense masse qui rampe hors des villes transporte encore après elle ses tares et ses vices. S'étant poussée par le chemin de fer jusqu'au grand seuil, elle s'arrête, reconstruit la ville qu'elle a voulu fuir et y renferme son inertie. Les plages sont remblayées de casinos ; dans la mer crèvent les égouts.

Moi, qui, en avion, file au diable, dès que j'ai huit jours de liberté, je n'aurais jamais l'idée d'aller sur la Côte d'Azur, surtout en hiver, où l'on voit tant de vieux et gros bourgeois rouler sur les dures promenades. Mais depuis que je suis dans le cinéma, je suis contraint d'y aller en toute saison.

Un matin, vers midi, après une longue discussion d'affaires, il me fallut bien céder à l'appel trompeur d'un pâle soleil et je vins me dérouiller les jambes le long de la Croisette comme au temps de la reine Victoria.

Toute la jeunesse était dans les montagnes aux sports d'hiver ; il n'y avait là que les invalides. Et ce n'était partout que pierre, béton, ciment : entre cette masse écrasante et la mer survivait à peine un mince couloir de sable. Je songeai pour me consoler que les montagnes sont bien abîmées, elles aussi.

Je me rappelais mon enfance quand, sur cette Croisette, je jouais avec des petits Russes, dont les parents, appelant sur eux en hâte les fouets de la Révolution, jetaient leurs terres et leurs paysans à la roulette.

Une femme marchait devant moi. Une femme qui n'était plus de la première jeunesse, avec une démarche ralentie et prudente. Pas grosse mais le paraissant, à cause d'une légère raideur de la taille, d'une délicate enflure des chevilles. Elégante, mais d'une élégance un peu rassise, tirant sur le cossu. Elle avait un chien.

L'œil voit toutes ces petites choses. Je me détournai soudain et rentrai à mon hôtel. Sa nuque un peu forte.

Quand le matin l'on se réveille, l'oreille est sensible aux premiers bruits et les distingue des autres avant de les laisser se perdre dans le long et continu murmure de la journée, qu'on n'entendra plus. Les yeux encore fermés, mon premier repère, c'était une voix dans la chambre à côté qui partait, s'arrêtait, repartait.

Je crus d'abord que c'était un dialogue. Préjugé naturel : quand dans un coin du monde une voix sonne, on attend qu'une autre la soutienne là même. Un être humain ne vit pas seul ; s'il élève la voix, ce n'est pas pour parler aux murs. Il a dû s'arranger de façon à avoir toujours quelqu'un pour lui répondre. Robinson lui-même, heureux Robinson, il savait que le monde entier l'écoutait, il se rassurait avec le bourdonnement de millions de lecteurs.

Pourtant, tandis que je déjeunais et m'habillais, le bruit insistant reprenait mon attention. Et il fallait me rendre à l'évidence : il n'y avait qu'une voix. Une voix de femme ; cela, bien sûr, je l'avais su tout de suite.

Mais cette femme ne s'abandonnait pas à un monologue. Elle parlait à quelqu'un.

Il y avait ces arrêts brusques dans le débit qui indiquent que la parole a touché quelque chose de vivant et que tout d'un coup, si la bouche se clôt, l'œil et l'oreille entrent en jeu, pour cueillir son effet. Pourtant l'autre être ne répondait pas, et comme il ne répondait pas, la bavarde se laissait aller et il y avait bien quelques moments où son discours tombait dans la mollesse et la complaisance du monologue. Elle parlait à un malade, à un vieillard ou à un enfant.

Je me dis d'abord que c'était à un enfant. Car c'était

de l'enfantillage, ce chantonnement doucereux, cette minceur voulue de la mélodie, ces petits éclats gambadants, ces murmures perdus ; enfin, je reconnaissais cette effrontée débauche d'imitation à laquelle se livrent les grandes personnes devant les enfants.

Un autre matin, je me dis qu'après tout c'était peut-être le ramage d'une amoureuse, car l'amour aussi engendre l'enfantillage. Mais alors aussitôt ce monologue sans réponse rendit un son tragique. Je prêtais une oreille plus curieuse, presque anxieuse.

Au vrai, j'entrais dans ces transes que vous avez sûrement connues, vous aussi, dans les hôtels. Dans le silence de ma solitude, j'écoutais l'étrange murmure humain comme le tic-tac amplifié de mon cœur. Ce monologue, fatalement subjectif, cet air de mandoline à n'en plus finir, ne sourdait-il pas, à mon insu, de mon propre cœur ? N'était-ce pas mon cœur des autres années qui vagissait, qui bêtifiait, qui s'en contait, qui se dorlotait, qui s'agaçait, qui s'exaspérait, qui se flattait, qui s'endormait, qui se réveillait pour mieux se rengourdir dans un ronron éternel ?

Pauvre femme, heureuse femme, tourne en rond dans tes quatre murs, tourne ton refrain. Et si l'on ne te répond pas, c'est qu'après tout tu n'as pas besoin qu'on te réponde. Après tout, tu te moques de l'écho, pourvu que tu te délivres, pourvu que tu t'étourdisses. Sûrement tu ne t'adresses pas très précisément à cet enfant, à cet amant, tu parles à quelqu'un d'autre. On parle toujours à quelqu'un d'autre, à l'autre, à celui qui viendra et qui n'est pas venu ou qui est venu et qui est parti. Toujours distrait, l'homme ou la femme, toujours ailleurs.

Toujours le regard perdu, regardant au-delà, on ne sait où, en dedans. Mais le dedans est infini, vague.

Solitude. Le troisième jour, je fus frappé par la ressemblance qu'il y avait entre ce monologue monotone, peut-être maniaque, tournant entre quatre murs, et celui qui filtrerait d'une prison. Tout d'un coup, je me dis que nous étions des prisonniers. Certes, nous pouvions sortir, elle et moi, mais après trois petits tours nous reviendrions à cette chambre, à cette chambre ou à une autre. Prisonniers des heures, des nécessités quotidiennes — sommeil, bain, nourriture. Et ces quatre murs, ce sont les murs du moi d'où nous ne sortons guère, où nous rentrons tout le temps.

J'eus envie de frapper au mur, de briser ce mur par le brusque éclat de ma voix. Ma voix, qui n'était pas la sienne, qui pouvait interrompre la sienne, qui pouvait barrer son cours perdu. Ma vie qui pouvait sauver sa vie qui sauverait la mienne.

Alors, comme si elle sentait cette promesse, cette menace, ma voisine sortit ; soudain j'entendis sa porte s'ouvrir.

Je n'ouvris pas ma porte. Mon anxiété n'était pas pour un être en particulier. A quoi bon connaître une vie de plus ? Une vie de plus ou de moins. Une anecdote après tant d'autres. J'en suis à ce point où l'individu qui passe ne peut être reçu que comme doublure de quelque rôle inscrit depuis longtemps dans la troupe tragique où le théâtre de ma mémoire a résumé toute l'humanité.

J'allai trois jours à Nice pour visiter le nouveau

studio d'une compagnie de cinéma rivale de la mienne. A mon retour, je retrouvai le murmure matinal. Comme je vivais depuis quelque temps dans un éloignement complet des femmes, mon interprétation de ce murmure fut, par compensation, plus sentimentale. Décidément, c'était un amant que cette femme entourait, enveloppait, étouffait, de sa sourde mélopée.

Ma curiosité, devenue un peu jalouse, fut impatiente. Et, dès le second jour, j'ouvris ma porte en même temps que ma voisine ouvrait la sienne.

Je reconnus la tournure de la femme que j'avais vue sur la Croisette, un matin. Elle était venue avec son chien... Ah ! c'était à son chien qu'elle parlait.

Je fus plus qu'étonné par cette découverte, j'en fus consterné. Cela me ramenait au sentiment intime que, par-dessous, j'avais nourri tous ces matins. Car si j'avais imaginé un enfant, un amant, en face de la bouche ouverte, en même temps j'avais bien senti tout ce qu'il y avait de perdu dans ce débit perpétuel.

Eh bien, alors, pourquoi m'étonnais-je ? Puisque, en tout cas, je savais qu'elle parlait aux murs, pourquoi pas un chien, plutôt qu'un homme ? Poupée pour poupée !

Justement, j'aurais préféré une poupée. La tricherie avec un chien, pour être plus sournoise, me paraissait plus ignoble. Une poupée, au moins on sait à quoi s'en tenir. On sait qu'on quitte ce monde pour entrer dans un autre, dans l'autre... le monde des fantômes et des revenants, des génies et des fées, des saints et des dieux ; le monde des images.

On peut aller loin dans ce monde. Les fous, les poètes, les mystiques sont allés loin dans ce monde.

Tout l'humain qu'on feint de perdre, on va le retrouver. On file et l'on tisse une étoffe sans fin où l'imagination brode les figures les plus imprévues, éclatantes d'une substance que pour elles on avait toujours réservée. Et souvent, selon la loi de communication entre toutes les choses, entre toutes les activités, selon la loi de transformation de l'énergie et de conservation circulaire de tout l'effort, la vie quotidienne des vivants se trouve enrichie et magnifiée par le retour que fait sur elle le flot de ces divagations, de ces trahisons. Là encore, la psychologie religieuse, qui enregistre dans ses thèmes transposés, savants, perdus, tous les faits d'expérience, n'a pas manqué à sa tâche. Et, sans aller chercher du côté des religions de l'Inde, reconnaissons que le catholicisme a figuré ce mécanisme d'allée et venue — ce système de vases communicants — dans le mythe de la réversibilité de la grâce : ceux qui agissent, pâtissent et dépensent profitent des trésors accumulés par ceux qui rêvent, qui prient et qui amassent.

Donc, j'aurais préféré que cette femme allât à la maison des poupées, à l'église ; là, dans l'ombre, jetée contre la fascinante constellation des cierges, qui couronne les yeux d'abîmes d'un jeune dieu ou d'une jeune déesse, elle aurait pu chantonner, murmurer, et peut-être que son gosier n'aurait pas été un simple moulin à prières. Certes, il y a peu d'élus ; mais qui sait ?

Tandis qu'un chien ! Pour cette femme, c'était le compromis le plus sordide, l'échappatoire la plus médiocre entre les dieux et les hommes. Un chien, qui n'a plus du dieu que le silence, et qui est maintenant borné comme un homme.

Vous me direz que je n'y comprends rien et qu'il y a plus et autre chose dans un chien ou dans un chat que dans les humains. Nos bêtes sont restées fidèles à la nature, dans la mesure où, en les domestiquant, nous ne les en avons pas arrachées. Elles peuvent donc être des intermédiaires et des intercesseurs entre nous, hommes, qui épuisons notre santé profonde à nourrir la Raison, et la nature. Ou des intermédiaires entre nous et d'autres intermédiaires, les dieux, représentants de la nature, grands fantômes, dans les veines desquels court la sève des forêts. Oui, les chiens sont des inspirés — comme les chats, les coqs, les serpents. Et c'est pourquoi, dans le temps jadis, le clan du Chien savait bien ce qu'il faisait.

Mais cette dame de Cannes ignorait la nature et les dieux.

« Tu n'es pas content, hein ? Le chienchien à sa mémère n'est pas content, parce que sa mémère a été au cinéma sans lui. Mais il aura, ce soir, un morceau de susucre de plus pour se consoler. Oui, un morceau de sucre de plus. Tu entends. Oh ! qu'il est content. Embrassez sa mémère, tout de suite. Tout de suite. » Et je t'embrasse et je te bouffe.

La dame ne voulait qu'une chose : fagoter moralement Bijou et faire avec lui, à bon compte, de l'humanité. Un fils ou un amant muet, plus commode, plus maniable, moins fatigant.

Les femmes, quand elles ne sont pas consacrées par les œuvres de l'amante ou de la mère, sont bien plus loin encore de la nature que les hommes les plus abstraits ; elles sont toutes sociales. Donc la dame ne voyait pas du tout dans Bijou le fantôme de la forêt, le possédé des dieux, fauve, chaleureux et énigmatique :

elle l'habillait des lambeaux frivoles et desséchés de sa vie personnelle qui, sans doute, s'était mal épanouie ; et elle lui contait des histoires de concierge. Chez elle, pauvre femme égarée dans l'ignominie cérébrale des villes, le dialogue entre l'homme et le monde, entre l'homme et les dieux était réduit au plus mince, au plus futile soliloque devant un pauvre auditeur dans l'œil de qui la domestication avait éteint le reflet profond et qu'on avait affublé d'un paletot.

Pauvre madame, atroce madame, comme nous lui ressemblons !

Ce fut avec effroi que je me réveillai le lendemain matin. Qu'entendrais-je ? Il me semblait, tout à coup, que de ce murmure chaque syllabe allait se détacher et faire le bruit désespérant d'une pierre dans un puits de solitude. J'allais être témoin de toute la misère, de toute la décadence humaine. Je pouvais me pencher, mettre l'œil à la serrure et voir l'humanité à quatre pattes, décidément incapable de faire du génie avec la raison, adorer une pauvre défroque à poil.

« Comment il s'appelle le chienchien à sa mémère ? Bijou. C'est Bijou que je m'appelle. Qui va aller se promener avec sa mémère ? C'est Bijou », etc.

Je me précipitai en bas de l'hôtel. Le concierge ne fut pas étonné ; tournant les choses au mieux, il soupçonna que j'étais en quête d'une bonne fortune et il me fournit avec complaisance les renseignements demandés.

— C'est une dame qui vient ici, tous les ans. Elle s'appelle Mme Rosay. C'est une dame de Paris, mais oui. Elle a été mariée, autrefois, en province. Oh ! je connais bien tout ça. Notre directeur d'avant avait connu son mari. Puis, elle est devenue la maîtresse de

M. Betbourg, des Mines du Nord. Mais il est mort. C'est une femme très bien élevée. Elle est très aimée, elle est très bonne. M. Betbourg lui a laissé presque toute sa fortune. Elle est encore jolie, n'est-ce pas ?

— Je ne sais pas. Merci.

« Ah ! pourquoi ne s'est-elle pas remise avec son mari ? »

Je revins vers le portier.

— Est-ce que le mari de Mme Rosay est mort ?

Le portier me regarda avec une complicité plus aiguë, croyant que je songeais au mariage de raison.

— Je ne sais pas.

« Oui, pourquoi pas son mari ? Ou n'importe qui. Ou moi. Mais tout plutôt que ça. C'est trop affreux. Trop inhumain. »

Ou plutôt si humain, avouais-je en rentrant le soir, après une journée fatigante dans les studios où l'on moulait à tour de bras du rêve médiocre.

Mais, en approchant de l'hôtel, je pris peur et, malgré ma fatigue, j'entrai dans un bar. Je liai conversation avec n'importe qui et, finalement, j'invitai une fille à passer la nuit dans ma chambre. « Comme ça, demain matin... »

Le lendemain matin, je n'eus pas de peine à ne rien entendre. Le soleil entrait par les fenêtres ouvertes, et mon invitée babillait comme un oiseau sur la branche. Si bien que je n'entendais rien à côté. Je feignis intérieurement de m'en féliciter.

Mais, au fond, mon obsession était toujours là.

— Chut, tais-toi.

Soudain, j'avais fait taire mon oiseau et j'écoutais.

Il y eut un long silence, interrompu par l'impertinence de l'invitée.

— Qu'est-ce que tu as ?

Enfin, le murmure reprit faiblement, s'interrompit, reprit.

— Pourquoi n'a-t-elle pas un mari ? m'écriai-je.

— T'es cinglé, mon chat.

— Je ne suis pas ton chat.

— Si, tu es mon chat, hurla l'invitée, en se roulant dans des rires.

— Assez de chats et de chiens !

Je me levai et m'enfermai dans la salle de bains. Quand j'en sortis, la fille n'était plus là, la porte était ouverte, mais j'entendis un bruit de voix dans le couloir. Je m'approchai.

La fille parlait à la dame au chien.

— Oui, disait-elle, cette race-là, ils sont très affectueux, très attachés.

— Oui, disait la dame, d'un ton aimable, mais réservé.

Je regardai de face la dame et le chien. Le chien était un pékinois, un bibelot parfait ; la dame avait un beau visage, frais et placide. Une nuance complexe passa dans ses yeux gris quand elle me vit à côté de la fille.

— Vous aimez beaucoup votre chien ? demandai-je en plongeant dans ses yeux gris.

— Je n'ai que lui au monde, répondit-elle avec un mélange de satisfaction et de regret.

Je tournai les talons et ramenai la fille dans ma chambre, d'où elle partit bientôt, chantant parce que je lui avais donné cent francs de plus qu'elle n'espérait. Elle se serait bien attachée, si j'avais voulu.

Roulant dans le train, le lendemain, je répétais encore : « Elle aurait pu avoir un mari avec qui se disputer, un fils qui fît des dettes, une fille qui tournât mal. Des êtres, trop loin ou trop près, mais des êtres humains. »

Je me rappelai alors que, quelques années auparavant, je ne sais où, une Américaine m'avait dit :

— J'ai perdu mon seul enfant. Vous me plaisez et vous paraissez sain. Voulez-vous me faire un autre enfant ? Nous serons mariés pendant un an, juste pour le légitimer.

Au fond, elle comptait bien que cela durerait toute la vie. A cause de cela, j'avais refusé, et parce que c'était une femme dans le genre de la dame au pékinois, fraîche et placide. Pourtant, une vague inquiétude passait dans son regard, quand elle me parlait de son enfant mort.

Et, quelque temps après, elle était tombée dans les chiens, aussi.

Divorcées

Guillaume était infidèle à Madeleine, depuis le lendemain de son mariage. Madeleine s'en accommodait. Dans les premiers temps, elle avait été un peu récalcitrante, car les faveurs que Guillaume lui prodiguait encore par moments la rendaient sensible au partage ; elle les aimait et n'en avait jamais trop. Mais les escapades de son mari étaient brèves. Pourquoi revenait-il ? Elle ne se le demandait pas ; elle y trouvait quelque preuve d'amour, et dans le pardon une volupté de complaisance, des larmes douces. Elle n'était pas jalouse, s'imaginait reprendre une à une aux voleuses toutes les bonnes grâces qu'elles avaient obtenues.

Ensuite, l'indifférence de Guillaume s'était avérée. De plus en plus gentil, il avait été de moins en moins attentif. Madeleine se retrouvait toujours seule, ce qui ne convenait pas à cette jeune femme qui était encore curieuse de l'intimité comme d'un nouvel univers. Pourtant, la tendresse de la patiente néophyte trouvait encore à s'exercer, même sans être payée de retour. Cette tendresse, faite en grande partie d'une sensualité flexible, se nourrissait d'une présence de fantôme et de traces imperceptibles dans une chambre abandonnée.

Mais aussi, peu à peu, dans d'autres parties de son être, elle se sentait atteinte et ravagée par un frisson de solitude.

Ce frisson était entretenu et aiguisé, sans qu'elle le sût, par le fait que les Pradon étaient à Berlin, où Guillaume avait été attaché à l'ambassade comme expert commercial.

Madeleine, jeune mariée, s'était d'abord beaucoup amusée à courir les théâtres, les cinémas, les boîtes de nuit d'un Berlin encore bourgeois. Elle jouissait de la mince différence qui peut apparaître entre les amusements d'une grande ville et ceux d'une autre grande ville. Elle put croire quelque temps qu'un film américain n'était pas tout à fait le même dans l'avenue des Champs-Élysées et dans le Kurfurstendam. Comme elle n'avait pas été beaucoup dans les boîtes de Montparnasse, elle pouvait aussi prétendre que c'était au-delà du Tiergarten un autre pittoresque. Et puis, il y avait les magnifiques, les inépuisables musées. Et l'aquarium qui est un étrange paradis, où la lumière est tramée d'une ombre fine. Et puis, elle apprenait l'allemand.

Mais ce Berlin, qui n'était que spectacles, ne la menait pas loin.

Il n'y a rien de plus inhumain que la vie des diplomates dans un pays étranger. C'est la vie des gens du monde, avec, autour, plus de vide encore. Les diplomates des divers pays forment un monde à part, et les indigènes qui les fréquentent, spécialisés dans cette fréquentation, forment autour d'eux un second cercle d'isolement. Les diplomates n'ont plus de contact avec aucun peuple — ni avec le leur, ni avec celui qui les reçoit. Il faudrait que les diplomates se mélangent dans toutes les couches du peuple qui les héberge. Mais ils n'en ont pas le temps. A l'intérieur de leur monde, les diplomates sont divisés en coteries. On dirait qu'ils sont là pour rendre encore plus aigres et plus écœurantes les différences nationales. Tous ces bourgeois triés sur le volet qui se saluent et échangent des propos d'une méticuleuse courtoisie, on s'aperçoit qu'ils ont en dessous une peur effarée les uns des autres. Alors qu'ils ont l'air d'avoir encore les mêmes manières et les mêmes goûts policés, les mêmes mœurs et les mêmes conceptions fondées sur la raison, ils se méconnaissent, se soupçonnent et se haïssent, comme des petits boutiquiers ignorants venus de contrées différentes qui se rencontrent dans un train de plaisir et que jette les uns contre les autres la mystique à trois sous des journaux.

Aussitôt que Guillaume commença à la négliger, Madeleine sentit donc un grand froid au milieu de ce monde sans effusions, tout occupé de faibles haines machinales. Elle n'en fut que plus ravie du débarquement, un beau matin, d'Eva. Celle-ci, que Madeleine avait connue au lycée et au stade, arriva comme correspondante d'un journal parisien. Les deux femmes sortirent beaucoup ensemble. Eva était assez occupée, mais, dès qu'elle le pouvait, répondait aux instances de Madeleine qui l'appelait sans cesse au téléphone.

Elles s'entendaient bien. D'abord c'était bien la même génération de femmes. Toutes les deux avaient fait des études superficielles, illusoirement libérales, passé des bachots. Toutes les deux avaient ensuite fait beaucoup de sport : au tennis, elles étaient en bonne place en seconde série, et cela les avait marquées.

Ensuite, elles se complétaient. Madeleine était plus jolie, plus journalière, plus inattendue, plus sensible. Eva plus belle, plus monotone, plus intelligente. Toutes les deux, jeunes filles de ce temps, fort libres en paroles et en intentions, timides en fait, tardivement novices, même après le mariage, dans le monde de l'expérience et de l'amour.

Madeleine racontait ses peines à Eva, en sorte qu'elle lui parlait sans cesse de Guillaume. Celui-ci, dont elle vantait le charme et la cruauté, n'était jamais là quand Eva venait voir Madeleine. Bien que mariée depuis assez longtemps, Madeleine, gardant la crainte de déplaire à son mari qui avait tourné le dos à la plupart de ses anciennes amies, se souciait de ne pas lui imposer Eva dont elle lui rebattait pourtant les oreilles le matin pendant qu'il s'habillait. Eva se faisait volontiers furtive, craignant de déplaire par son peu d'importance à ce monsieur qui avait un avenir exceptionnel, dont tous les instants devaient être précieux et qui était si difficile au sujet des femmes.

D'ailleurs, les débuts de sa carrière de femme ne lui avaient pas donné une grande confiance en elle-même. Elle avait été épousée par un journaliste fort connu, pas très jeune. Ce grison, encore vert et fort actif, demeurait, après des années, séduit par son propre succès et ne se souciait que de l'accroître. Et le succès pour lui n'était pas d'aiguiser toujours plus son intelligence, d'épurer son autorité sur les événements, mais de plaire à des duchesses — puisqu'il y en a encore — en affadissant le plus possible sa pensée et de gagner beaucoup d'argent — en écrivant n'importe quoi et en le vendant à n'importe qui — pour bien traiter ces duchesses. Il avait vu dans Eva une conquête brillante ;

car elle était jeune, bien faite, plaisante. Mais elle ne plut pas aux duchesses ; elle était trop exubérante, trop crue. Alors, elle fut répudiée. D'autant plus qu'elle était pauvre et d'une famille inconnue ; et le grison avait perdu sa sensualité à force de vivre dans un monde illusoire.

En arrivant à Berlin, Eva était encore sous le signe de la défaite.

Cependant, un jour, Eva rencontra Guillaume. Eva était belle, si elle était la meilleure amie de la femme de Guillaume, ce qui devait la rendre déplaisante. Guillaume était bien tourné et présenté comme un objet d'adoration à Eva par une femme sensuelle et soumise. Ils se convenaient, même s'ils ne devaient pas se plaire. Mais ils se plurent.

Madeleine ne vit rien du tout. Elle ne croyait pas au charme de sa meilleure amie et si quelqu'un, à ce moment, lui avait posé des questions et l'avait fait sortir de son inconscience, elle aurait dit que Guillaume ne pouvait être attiré par une vaincue.

Du reste, Guillaume et Eva ne montrèrent rien de leurs sentiments : un clin d'œil leur avait suffi pour que chacun fût au fait du désir de l'autre. Eva, ayant reçu ce seul regard chaud, s'empara du prétexte qu'il ne se renouvelait pas pour l'enfouir au fond d'elle-même et prétendre qu'elle n'avait rien senti. Quant à Guillaume, qui aimait avoir du pain sur la planche, il attendit tranquillement une occasion.

Eva put se croire étonnée quand, un soir, Guillaume, la trouvant seule, alla droit à sa bouche.

— Comme vous me plaisez ! Est-ce que je vous plais ? demanda la bouche de Guillaume, qui demeurait à deux doigts de celle d'Eva, surprise mais consentante.

— Oui, tout d'un coup.

Guillaume dut la croire.

— Écoutez, demain soir, nous irons, tous les deux, seuls, au cinéma.

— Non.

— Comment non ?

Guillaume tomba de haut, en voyant qu'Eva résistait tranquillement à toutes ses objurgations. Elle lui accordait sa bouche, tant et plus, mais elle refusait de donner suite à cette rencontre.

— Enfin, si vous voulez savoir, conclut-elle, je ne serai pas votre maîtresse. Vous me plaisez, je ne serai pas assez bête pour prétendre vous le cacher. Mais je ne tromperai pas Madeleine... Et d'ailleurs, je m'en vais. Demain, cet incident sera oublié et je pourrai la voir, sans faire de grimaces. Bonsoir.

Elle ramassa prestement son sac et sa fourrure et sortit en un instant. Peu de temps après, d'ailleurs, elle quittait Berlin ayant bâclé son enquête.

Un an plus tard, Eva, une nuit, était seule sur un bateau. Elle se promenait et grillait sa cigarette au milieu des étoiles.

Son métier l'avait appelée en Grèce où elle devait rendre compte d'un congrès archéologique.

Eva se retrouvait seule. Un tourbillon rapide et creux l'avait roulée pendant quelques mois, puis venait de la rejeter.

D'abord, elle avait tenu bon et Guillaume n'était pas

devenu son amant. Mais alors, que s'était-il passé? Guillaume avait voulu lui donner des preuves qui la fléchissent; il avait voulu se rendre libre et l'épouser. Il avait quitté Madeleine. Le jour où Guillaume, en instance de divorce, de passage à Paris, lui avait téléphoné, elle s'était donnée à lui avec tant de facilité que le long scrupule de la jeune femme avait été oublié du coup pour Guillaume. Et le conte qu'il lui avait fait de l'épouser s'était achevé là.

Maintenant, elle regardait en arrière, avec effroi.

Qu'avait-on fait d'elle? Les humains, hommes et femmes, ne voient en se retournant qu'inconscience dans leur conduite : c'est pourquoi ils sont prêts à revenir à leurs plus vieilles superstitions et à se dire : c'est un démon, un dieu qui m'a conduit.

Mais ils ne peuvent croire longtemps à ces figures anciennes. Il en est une autre, plus familière, celle de la conscience. Aussi, ce soir-là, aussitôt que le calme d'une traversée solitaire lui permettait de réfléchir, la vivacité même de cette impulsion qui lui avait fait dire à Guillaume, le premier soir, « je ne tromperai pas Madeleine », lui apparaissait soudain comme la manifestation brusque d'un égoïsme perfide.

« Tu as voulu faire divorcer Guillaume », voilà ce qu'elle se cria tout d'un coup. Et pourtant, pendant des mois, jamais une seconde, lui semblait-il, cette pensée ne l'avait effleurée. Elle en rit amèrement.

« Tu m'as trompée, tu m'as trahie depuis le premier jour », lui avait déjà crié Madeleine. Car Madeleine, un jour, était venue l'insulter. Eva avait pu, sans aucun effort, jurer que non. Il est vrai qu'à ce moment Madeleine était enlaidie par la haine, que soudain c'était elle qui semblait profondément maligne, car quand on voit éclater une haine, on se dit qu'elle avait toujours été là. L'éclatement d'une sincérité fait apparaître en ombre contrastée une longue hypocrisie.

Comme cela avait été prompt et brutal, cette décision en elle de dire non à Guillaume, de dire ce non qui avait brisé la vie de son amie. Eva commençait de divaguer ; le soupçon se répandait en nappes et filtrait de tous les côtés. Elle en venait à se demander si, depuis leur première rencontre au stade, elle n'avait pas haï Madeleine, si elle n'avait pas sauté sur son propre désir comme sur une occasion de détruire la vie de son amie.

Tout ce qu'elle avait pensé pendant des mois et qui la justifiait si bien lui semblait maintenant ou protestations vides de sens ou sophismes sournois. Elle avait voulu être correcte ! Quelle hypocrisie ! « Je ne tromperai pas Madeleine ; je n'ai pas trompé Madeleine. » Mais pendant les deux semaines qu'elle était encore restée à Berlin, tout en évitant de rencontrer Guillaume, ou en se détournant de lui quand il était là, quelque chose au fond d'elle-même attendait et espérait.

Et elle s'était dit : « Guillaume est malheureux avec Madeleine. Il a le droit de la quitter. Quand il l'aura quittée, il aura le droit de choisir la femme qu'il voudra. Devrai-je alors rester tabou ? Ce serait trop rigoureux. » Mais Guillaume aurait-il eu le courage de divorcer, s'il n'avait été aiguillonné par un désir contrarié ?

Elle s'était dit encore : « Je ne veux pas entrer dans ces compromissions où se complaisent les autres femmes avec Madeleine et Madeleine avec elles. Cela me dégraderait, et cela la dégrade. J'aime mieux perdre Guillaume. »

Elle avait risqué de le perdre, mais elle avait aussi couru la chance de le gagner mieux.

... Il était tard. Eva se promenait seule sur le pont supérieur. Son esprit tournait en cercles et resserrait sur elle de plus en plus une pensée de désastre. Elle avait été mauvaise, et en pure perte. Le sentiment de l'inutilité ouvrait le passage au remords.

Quelques mois encore. Elle était au cinéma, à Paris, un soir, avec des amis. Elle aperçut soudain Madeleine dans l'ombre. La blessure, qui commençait à se fermer, se raviva. Elle sursauta et se rencogna dans son fauteuil.

Puis elle eut envie de voir, de savoir. Depuis ces événements, elle avait presque tout le temps voyagé ; elle avait peu de relations communes avec Madeleine, et elle avait évité de parler de son ancienne amie, de sorte qu'elle ne savait rien d'elle. Elle écarquilla les yeux dans l'ombre. Madeleine demeura une silhouette énigmatique. Au bref entracte, Eva vit que Madeleine était aussi avec des amis, hommes et femmes. Elle se rappela les cinémas de Berlin, et le passé tout proche redevint le présent. « Guillaume, où es-tu ? Madeleine, que t'ai-je fait ? »

Cependant, elle fut surprise par la fin du film. N'allait-elle pas se trouver nez à nez avec Madeleine ? En effet, tandis qu'elle était encore engagée dans son rang de fauteuils, Madeleine s'avançait dans l'allée centrale, et la voyait. Elles se regardaient avec des yeux dilatés par l'étonnement et l'effroi qu'ont les soldats innocents que la bataille jette l'un sur l'autre. Puis elles baissèrent les yeux et songèrent à plonger dans la foule.

Mais leurs regards revenaient. Et inexorablement,

les amis d'Eva et les amis de Madeleine en files les poussaient l'une vers l'autre.

Un seul coup d'œil avait suffi à chacune pour bien voir où en était l'autre. « Elle s'habille mieux qu'avant, avait noté Eva. Elle a l'air fier, assez triomphant. Elle triomphe de ma défaite... Mais non, elle a l'air content et bon. Est-ce que Guillaume ? Mais non, il est à Berlin. Un autre ? Déjà ? »

Les ombres du souvenir si proche passaient et repassaient sur la figure de Madeleine, mais ne semblaient pas pouvoir se fixer sur un visage plus plein et plus solide que celui qu'avait connu Eva. Au moment où elles se trouvèrent côte à côte dans l'allée centrale, ce fut Madeleine qui, d'ailleurs sans regarder Eva et avec une brusquerie désagréable, parce qu'en parlant elle éprouvait le désagrément d'avoir parlé, jeta : « Téléphone-moi... Viens me voir demain, après le déjeuner. »

La violence ironique de sa voix avait fait retourner les amis d'Eva.

— Tiens, tu es venue, lui dit-elle sur le même ton, dans l'ombre de la petite antichambre où elle lui ouvrait la porte. Elle la suivit dans le studio, où aussitôt elle se jeta dans un fauteuil, sans trop la regarder. Elle ne lui avait pas tendu la main, mais son ironie ne semblait pas s'adresser à Eva en particulier.

— Tu as un droit sur moi, déclara vivement Eva.

Madeleine frémit, mais sans violence, levant à peine les yeux.

Eva avait été reprise depuis la veille par ce regret qui l'avait assaillie sur le bateau et qu'elle avait appelé remords, mais son cœur avait achevé de chavirer en entrant dans ce studio pauvre, charmant, où il lui semblait voir partout des signes de solitude. A Berlin, un sortilège d'attention amoureuse donnait à l'intérieur des Pradon l'apparence d'un lieu chaud.

Eva allait donc crier d'autres paroles humiliées, mais quelque chose dans l'attitude de Madeleine y coupa court.

— Tiens, prends une cigarette. Assieds-toi. Comment trouves-tu mon petit intérieur ?

Eva était déjà assise.

— Charmant. Tu as toujours su...

— Merci. Tu roules toujours, toi ?

Madeleine rougit de cette allusion trop prompte aux échecs d'Eva.

Mais aussitôt après, elle s'écria :

— Et puis, zut ! Parlons franchement, sans cela, ce ne serait vraiment pas la peine de nous revoir. Il t'a plaquée ?

— Oui.

Elles échangèrent des sourires mélangés.

— C'était bien la peine, dit lentement Madeleine. Mais il n'y avait pas d'âpreté dans sa voix. Était-ce que le seul fait d'avoir de nouveau un intérieur lui donnait une supériorité sur Eva qui habitait à l'hôtel, et que le sentiment de cette supériorité l'amadouait ?

Eva demanda brusquement :

— Tu regrettes beaucoup Guillaume ?

— Oui...

— Mais... ?

— J'ai un amant... qui est très gentil.

— Alors ?... Tu aimes de nouveau ?

— Je ne sais pas. C'est drôle. J'ai eu un chagrin fou, quand Guillaume m'a écrit de Berlin de rester à Paris, mais j'en avais déjà eu tellement avant. C'est à ce moment-là, d'ailleurs, que je me suis rendu compte que j'en avais eu tellement avant... Je t'ai haïe, j'ai couru te le dire... Maintenant, je ne sais plus.

— Tu aimes... ce monsieur ?

— Je ne sais pas. Je ne saurai jamais plus, je crois. Je suis contente, mais je ne sens plus rien de fort comme avec Guillaume. Et pourtant, j'ai plus de plaisir peut-être avec... Gérard. Et puis je travaille. Je suis préoccupée, souvent fatiguée. Tu sais ce que c'est.

Eva la regardait avec étonnement et désapprobation. Madeleine s'en aperçut.

— Cela t'étonne. Toi, tu souffres.

— Oh ! je souffre de diverses choses. Je souffrais...

Mais Madeleine ne l'écoutait pas. Elle continuait, sans chaleur :

— Je t'en ai voulu... je t'en veux encore. Mais c'est drôle, j'ai vu double hier soir. Quand je t'ai aperçue, pendant une seconde je n'ai pas pensé à Guillaume, je n'ai pensé qu'à toi. Tu étais l'Eva d'avant, comme si tu n'avais jamais été à Berlin. Cela n'a pas duré, mais enfin cela donne à réfléchir... Tu as été vache quand même.

— Moi aussi, j'ai senti ça au cinéma. C'est drôle hein... Comment crois-tu que j'ai été vache ?

Eva avait beaucoup changé depuis un moment. Tout ce qu'elle avait pensé depuis le bateau était remis en question.

— Tu ne m'as pas parlé, tiens.

— Je l'avais arrêté net.

Eva s'étonna. Elle était venue avec l'intention de s'accuser, et voilà qu'elle se défendait. Mais aussi cette Madeleine n'était plus la Madeleine à cause de qui elle s'était torturée. Elle dut faire un effort pour ajouter :

— Je l'ai fait taire, mais je l'ai embrassé.

Aussitôt après ce semblant d'aveu, elle fut reprise encore par l'instinct de défense :

— Après cela, j'ai été correcte.

— Mais tu n'en pensais pas moins.

— Si je t'avais parlé, qu'aurais-tu dit ?

« Voilà, j'élude les questions, je contre-attaque », s'étonna encore Eva.

Madeleine se leva, marcha de long en large, avec un sourire intérieur, suivant une pensée avec satisfaction. Elle sembla avoir fait venir Eva pour ce moment-là.

— Après tout, tu as bien fait. Tu sais ce que j'aurais probablement fait ? Je t'aurais probablement encouragée.

— Oh ! tu dis ça maintenant !

Mais Eva se ravisa :

— Il est vrai que...

— Il est vrai que j'étais si lâche, sordide, consentante à tous les partages.

— Mais non, avec moi tu n'aurais pas pu faire ça. Ça n'aurait pas été la même chose. Tu aurais été vraiment jalouse. J'ai pressenti ça aussi.

— Pas du tout. Au contraire. J'avais confiance en toi, je te croyais de tout repos.

— Ah oui, c'est vrai. Tu me méprisais un peu.

— Tu étais une vaincue comme moi. Et je détestais et craignais tellement ces femmes qui me le prenaient, qui étaient d'un autre monde, un monde perfide, sur lequel toi et moi, braves petites, n'avons aucune prise. Je comptais que tu le ramènerais dans mon atmosphère.

— Oui, si j'avais été chic pour toi, c'est ce que

j'aurais dû faire. Accepter d'être sa maîtresse aurait été peut-être un secours décisif que je t'aurais apporté. « Et il serait peut-être encore à moi », songea-t-elle. « Lui, sa poitrine si forte, si lourde sur moi. »

Madeleine, interrompant sa déambulation, revint vers elle. Elles se regardèrent. Puis elles hochèrent la tête, toutes les deux.

— Au fond... C'est facile de dire ça, maintenant, murmura Madeleine. Tu as raison.

Et elle se rejeta dans un fauteuil.

Eva se lança :

— Oui, ç'aurait été dégoûtant. Nous nous serions dégoûtées l'une l'autre, car dans cette combinaison, nous aurions été dégoûtantes toutes les deux.

— Oh ! j'étais assez dégoûtante à ce moment-là. J'étais si faible, si lâche. Je n'avais qu'une idée : qu'il ne s'en aille pas tout à fait.

Eva, à son tour, ne l'écoutait pas. Elle ne voulait pas lâcher le scrupule à retardement qu'elle caressait depuis cette nuit sur le bateau.

— J'aurais pu lui dire un « non » plus définitif, ne pas l'embrasser, ressassa-t-elle, à haute voix.

Madeleine la considéra avec une ironique lassitude.

— Mais tu l'aimais, tu l'aimes encore. Car, crois-tu, ce n'est que d'hier au soir que je crois que tu l'aimes, j'ai vu ta figure abîmée. Figure-toi qu'avant, je croyais que tu ne l'aimais pas parce que justement tu avais refusé si longtemps d'être à lui.

— C'est peut-être ça qui m'a perdue.

Eva pleura. Madeleine se troubla.

— Après tout, tu as peut-être été chic avec moi, grogna-t-elle, en repartant pour de plus grandes enjambées dans la chambre, les mains derrière le dos.

— Oh ! comme tu as changé, Madeleine, s'écria Eva. Cela me fait mal.

— Tu trouves ? Oui, j'ai changé, n'est-ce pas ? répondit Madeleine, avec une voix soudain altérée.

Eva se demanda si son amie, depuis son entrée, avait crâné, ou si elle était reprise par le passé.

— Tu ne l'aimes plus, mais tout ça t'a fait tant de mal.

Madeleine secoua la tête, amère et sceptique.

— Bah, à toi aussi.

— Tu n'aimes pas tant l'autre.

— Il n'y a que pas Guillaume sur la terre. Tu verras, tu vas voir. Tu es belle.

— Oui, je retarde sur toi, avec mon chagrin.

Madeleine revint encore à son fauteuil. Elle grillait cigarette sur cigarette. Il y avait encore dans la bibliothèque des livres qui plaisaient à Guillaume.

— Est-ce que tu crois que sans moi, il ne t'aurait pas quittée ? demanda un peu plus tard Eva.

— Oh ! il aurait fini par le faire. Toi ou une autre.

— Ce n'est pas ce que tu me disais quand tu es venue m'injurier. Tu disais que, pour te quitter, il lui fallait une femme dans mon genre. Tu avais raison... Avec moi, on pense toujours au mariage. On y pense et puis on n'y pense plus.

— Avec nous ! Je suis comme toi. Parce que nous y pensons.

— Hélas oui, nous avons été élevées pour nous marier. Tu vas te marier avec celui-ci ?

— J'y pense quelquefois par habitude. Mais aussi je prends l'habitude de ne plus y penser.

— Madeleine, tu crânes, mais au fond, tu regrettes. Tu aurais préféré rester avec Guillaume.

— J'étais lâche. De perdre « mon » mari me semblait une catastrophe sans remède. Mais maintenant, je vois que je n'en suis pas morte.

« Ah si, ma pauvre, tu es morte », se dit Eva. Maintenant seulement elle connaissait un vrai remords devant l'étendue morne du désastre.

— C'est que tu travailles aussi, dit-elle, pour masquer le sentiment de pitié qui lui montait au visage.

— Oui, j'étais en grande partie désarmée à cause de ça : mon ignorance de la vie. Je n'avais pas d'argent et je ne savais rien faire. J'apercevais la solitude et la misère ensemble, l'une derrière l'autre.

— Le travail, ça vous donne une sorte de personnalité.

— Oh ! n'exagérons rien, s'écria Madeleine avec une colère inattendue. C'est une habitude, ça vous endort, ça vous fait oublier.

— Moi, je m'aime mieux qu'avant, quand je jouais les élégantes, derrière ce célèbre et grotesque journaliste.

— Tu as un travail plus libre que le mien. Mais... tu es seule ? Personne ?

— Non, je n'ai pas cherché.

— Tu souffres.

— Oh ! je t'en prie, pas de pitié.

Eva s'était peu à peu assombrie. Elle s'apercevait que son sentiment de la veille avait été une illusion. Elle gardait de l'amitié pour la Madeleine qui était morte — qu'elle avait tuée. Mais ce sentiment était lui-même dans le passé. En fait, elle n'aimait plus Madeleine. La Madeleine qu'elle avait devant elle était une personne nouvelle, inconnue, avec une indifférence, un cynisme répugnants. Tout ce qu'elle avait souffert à cause d'elle avait été vain, ridiculement vain. Finalement les gens sont indifférents au mal qu'on leur fait comme au bien.

Elle s'en alla, déçue, dégoûtée — plus déçue que dégoûtée. Son propre personnage s'effondrait avec le personnage de Madeleine. C'était de ce personnage pathétique — sa victime — qu'elle avait vécu depuis la disparition de Guillaume. Elle avait voulu toucher du doigt cette preuve sanglante de sa propre existence. Elle retrouvait une personne prospère qui de ses cicatrices s'était fait une nouvelle peau. « Cette personne doit faire effort pour vaincre son insouciance, en vue de s'intéresser à ma souffrance, à cette souffrance dans laquelle je lui suis substituée. Elle s'est déchargée sur moi et elle peut à peine maintenant accorder un regard à moi et à mon fardeau. »

Quelques jours plus tard, Eva alla à un petit bal intime donné par des amis, riches et élégants. Elle se trouva soudain de bonne humeur, plut, s'amusa et finit par flirter avec un jeune Allemand, qu'elle avait déjà un peu connu à Berlin. En partant vers deux heures du matin, elle se rappela Madeleine et soudain eut un long rire où passait l'inévitable grossièreté de la convalescence — cette grossièreté même qui lui avait tant déplu chez son amie. Elle vit alors clairement comment tout son scrupule sur le bateau n'était venu qu'après coup, et de sa défaite. Le lendemain matin, elle fut réveillée par un coup de téléphone de Madeleine.

— Tu n'es pas encore levée. Et ton journal ?

— Je travaille chez moi à mes heures.

— Veinarde. Moi je suis en retard. Veux-tu déjeuner avec moi ?

— Euh... C'est que...

— Ça t'embête. Tu m'as assez vue. J'ai besoin d'une confidente.

— Bon. A une heure. Viens me prendre ici à mon hôtel.

Madeleine voulait voir Eva, parce qu'elle n'avait pas d'autre amie et que dans ce moment, elle avait absolument besoin d'une amie.

— Je suis plaquée, lui dit-elle tout de suite.

Eva sentit comme une maligne intention dans cette brutale rapidité du destin.

Elle eut envie de dire à son ancienne amie : « Je te vois venir. Au moment où je commence à reprendre pied, tu te rejettes à l'eau pour que je coule de nouveau. Mais je me défends, et je ne déjeune pas avec toi. » Pourtant, elle se résigna.

D'ailleurs, Madeleine fut sobre de détails et de plaintes. Simplement, elle goûtait la chaleur d'une présence.

Eva ne lui prêtait qu'une oreille distraite, mais croyait la voir se faire un malin plaisir de se diminuer jusqu'à n'être plus rien. Madeleine, avec l'inconscience et la précision de l'instinct, lui parla comme à un camarade de défaite. « Nous », répéta-t-elle plusieurs fois. « Nous qui sommes plaquées », « nous qui embêtons les hommes avec nos arrière-pensées de mariage... ».

Eva voyait ainsi s'achever une manœuvre. D'abord Madeleine, par l'indifférence, s'était dérobée au coup qu'elle lui avait porté. Et maintenant, elle voulait l'obliger à l'égalité dans la même constance d'insuccès, sous le même niveau d'infériorité.

Mais Eva ne se jetait pas dans ce nouveau cercle de dangereuse magie, elle n'était plus prisonnière de l'amitié. Ni par le scrupule ou par le remords, ni par la solidarité dans la résignation. Elle rejetait tous ces liens que dans la surprise elle avait laissé se nouer autour d'elle.

Tout cela, c'était du passé, un moment, une anecdote. L'égoïsme quand il jaillit de l'expérience, quand il est nourri par la vie, quand c'est un effort qui s'élève au-dessus des tentations de la générosité et de la pitié, ce n'est plus l'égoïsme, c'est la nécessité de vivre.

— Adieu, Madeleine.

— Tu me téléphoneras.

— Adieu, Madeleine.

Mais Guillaume, qui était-il ? Comme cela importe peu, somme toute.

Le mannequin

Mariette Wattin s'éveilla, s'étonna, s'effraya. Elle était dans une chambre inconnue, couchée dans un lit anonyme avec un homme qu'elle ne connaissait pas la veille à six heures dix. A vingt-huit ans, cela ne lui était jamais arrivé, bien qu'elle eût un métier dont les bonnes gens croient qu'il se confond avec la galanterie : elle était mannequin. Elle pensa au brave homme qui était son amant depuis trois ans, qu'elle avait si peu trompé, à qui elle aurait voulu être entièrement fidèle comme elle avait été fidèle à celui qui avait été son premier amant, qu'elle avait adoré et qui avait été tué en 1916.

Elle regarda celui qui dormait à côté d'elle. Elle ressentit un contraste entre la profonde indifférence du sommeil et cette tension violente du désir qui, tard dans la nuit, tenait sur elle des yeux grands ouverts. Jamais elle n'avait vu un homme la désirer avec une violence si aiguë, avec une divination si soudaine. En une nuit elle avait plus appris sur sa propre beauté et sa propre sensualité qu'en dix ans. Il était admiratif, respectueux et pressant, avec des mains fortes et des paroles ingénieusement tendres, excessivement prometteuses dont il s'étonnait lui-même. C'était un homme qui écrivait dans les journaux et il était officier. Un rayon de soleil entre les rideaux tombait sur son uniforme de lieutenant d'infanterie jeté sur un fauteuil. En ce printemps, il n'était pas encore démobilisé : il était très jeune.

La nuit avait été magnifique. C'était trop bon de vivre ce printemps-là et c'eût été folie que de n'être pas folle. Mais maintenant ? Maintenant, c'était fini. Il allait se réveiller tout autre, repu, indifférent, pressé de s'en aller. Et elle devait revenir à la sagesse de sa liaison avec un homme sérieux, affectueux, qui l'épouserait bientôt et que deux fois seulement elle avait trompé par gourmandise des sens. Cet homme construisait les premiers cinémas dans les quartiers populaires et voyait sa fortune croître aisément.

Elle se leva avec précaution ; elle espérait partir avant le réveil de l'autre. Mais à peine fut-elle debout, toute nue devant la glace de la cheminée, essayant dans la pénombre de nouer son chignon, que le dormeur, comme ébloui de cette colonne blanche, remua ses paupières.

Et aussitôt il l'appela avec la même voix ardente que la veille au soir. Elle se tourna vers lui, les bras au-dessus de la tête. Une blanche Flamande au point de perfection. Lui-même était un beau gaillard, aussi brun qu'elle était blonde.

Une demi-heure plus tard, elle se hâtait vers sa maison de couture. Elle s'assurait qu'elle ne le reverrait plus ; mais n'était-ce pas devant la porte de cette maison, place Vendôme, d'où elle sortait chaque soir, qu'il lui avait été présenté ?

C'est ainsi que Mariette Wattin et Philippe Montagne se connurent au printemps de 1918.

Ce n'était pas un désir léger qui s'était emparé de Philippe pour cette chair blanche, mais profond, durable, qui bouscula plusieurs circonstances hostiles. Blessé à la jambe depuis 1915, inapte et, grâce aux protections de son père, employé dans un service de Paris, où on lui laissait beaucoup de loisirs. Il avait vécu dans un milieu facile de jeunes femmes riches, qui pour une raison ou pour une autre ne semblaient pas souffrir outre mesure de la guerre. A cause de Mariette, il se détacha peu à peu de tout cela.

Mariette se défendait contre lui. Certes, elle avait été heureuse dans ses bras. Mais elle avait cru voir la fin de ce bonheur au premier matin. Elle avait besoin d'être fidèle ; si elle se prolongeait, cette passade déchirait le sentiment d'estime qu'elle avait d'elle-même, et qui s'appuyait paisiblement sur la solidité de cœur de son ami.

Elle ne croyait pas aux protestations de Philippe. Si elle était séduite par les mots, elle en était aussi effrayée. Elle n'avait connu avant Philippe que des hommes d'affaires assez simples et elle les jugeait plus sûrs que ce journaliste qui parlait de tout — et de son amour — avec frénésie.

Sa résistance exaspéra les sens de Philippe, qui lui arrachait rendez-vous par rendez-vous et, à chaque rendez-vous un aveu déchiré ; et les raisons qu'elle lui en donna avec un positivisme sincère rendirent plus amère pour le jeune homme la vision qu'il prenait alors des choses.

Philippe avait été démobilisé et sa vie avait changé du jour au lendemain. Jusque-là il avait eu de l'argent ; vivant chez ses parents qui étaient des bourgeois aisés, il avait sa solde : il ne l'eut plus. Jusque-là aussi il avait été un bourgeois en puissance : il devait passer les examens qu'il préparait avant la guerre et qui le feraient entrer à l'inspection des Finances. Or soudain, il y renonçait, comptant vivre de sa plume. Sa nature nerveuse avait été frappée par les souffrances d'un an d'infanterie et la colère qui l'habitait lui donnait l'illusion d'une grande force personnelle. Il s'était mis à écrire comme on crie, sans préparation. Il plaçait quelques articles à droite et à gauche.

Le jeune officier élégant fut transformé soudain en un vieil étudiant aux rêves tardivement incertains. Mariette se confirma dans l'idée qu'elle avait eue, dès la première minute : Pierre ne pouvait lui assurer ce complément que rendait indispensable son salaire ridicule et que d'ailleurs elle n'avait jamais voulu accepter que d'un homme qu'elle avait aimé et d'un autre qu'elle estimait. Philippe ne pouvait donc pas, comme elle s'était prise à l'espérer par moments, remplacer ce dernier dont la maladresse au lit refroidissait son cœur ; elle avait connu la misère et s'en éloignait depuis son enfance de tout son effort. Elle ne comprenait pas l'attitude téméraire de Philippe envers cette misère qu'il ne connaissait pas. Elle défendait contre lui tout ce qu'elle avait acquis.

Par malheur, si elle était déjà entrée dans certains raffinements matériels, elle en voulait encore d'autres. Or, il se trouvait que ces raffinements-là, Philippe les lui offrait, tout en menaçant la conservation des premiers.

Sans aucun pouvoir sur l'argent, il jetait sur toutes choses des regards d'indifférence ou de mépris dans l'appartement qu'avaient peu à peu rempli les libéralités de deux amants laborieux. Mais dans ce lit dont il faisait retirer les draps de soie, il entraînait Mariette à une exaltation des sens et du cœur qui devenait peu à peu trop précieuse à la jeune femme. Il appartenait à une bourgeoisie plus raffinée que celle de l'entrepreneur de cinémas, fils de ses œuvres, ce que goûtait Mariette en même temps qu'elle s'étonnait et s'amusait du débraillé des camarades de Philippe. Il lui était difficile de lutter contre plusieurs plaisirs.

L'aisance des parents de Philippe lui permettait de cultiver une certaine nonchalance et un certain ragoût sensuel. Encore aujourd'hui, il vivait chez eux et ce point d'appui soutenait sa bohème arrogante. Ce point d'appui, Mariette n'en avait pas un aussi solide. Et c'est pourquoi Philippe était dangereux pour elle.

Il vint un moment où elle dut reconnaître que Philippe ne pouvait plus être écarté et qu'elle devait tant bien que mal lui garder sa place à côté de l'autre. A peine se fut-elle avoué cela que Philippe le sentit et changea. Du jour au lendemain, il devint plus exigeant et demanda le renvoi de l'autre.

Il ne promettait nullement de remplacer ce qu'elle perdrait ; il n'avait pas un sou. Il faudrait qu'elle quitte son appartement, son avenir de femme bientôt mariée. Il lui resterait les 1 000 francs par mois de sa maison de couture. Avec des mots Philippe démolissait légèrement tout l'effort de Mariette depuis l'âge de quatorze ans.

Elle se révolta. Pour rompre avec Philippe, elle avoua tout à l'autre, en lui demandant de lui pardonner et de la défendre contre un ennemi, un homme égoïste et injuste.

L'autre crut pardonner, mais céda peu à peu à la rancune et, ayant fait parler la concierge, qui avoua les rechutes de Mariette, décida un beau jour d'en finir. Avec sa clef d'amant en titre, il entra dans l'appartement quand Mariette n'y était pas, fit main basse sur les quelques bijoux qu'il avait donnés et s'en alla pour ne plus revenir.

Mariette, du jour au lendemain, se résigna à l'héroïsme, qui se présentait d'ailleurs, dans les premiers temps, comme une volupté infinie que plus rien n'arrêtait.

Cette volupté, Philippe ne demandait qu'à s'en aveugler, pour ne pas voir le tour qu'en un rien de temps avait déjà pris sa vie. S'il avait fait bon marché de son avenir dans l'inspection des Finances, c'est qu'il avait un rêve d'ambition. Il pensait devenir rapidement un des principaux journalistes politiques de son temps, et quelques camarades qui faisaient leur chemin en avant de lui avaient vanté à droite et à gauche sa verve coléreuse. D'autres hochaient la tête et se refusaient à voir dans Philippe autre chose qu'un amateur qui n'avait pas appris à écrire et qui n'apprenait pas encore. Ceux-ci avaient raison. Philippe, qui dans les cadres d'un métier bien déterminé aurait sans doute fait merveille, s'éperdit dans les perspectives incertaines et trompeuses du journalisme. Il ne trouva pas la discipline que lui seul pouvait se forger ; il fut la proie de cette nonchalance tout de suite décisive qui fait oublier à un jeune homme de fixer ses dons par le travail.

Après quelques échecs dans la grande presse, il n'eut bientôt plus ses entrées que dans un petit journal de combat. Bien que là comme ailleurs on lui eût refusé une des premières places, il nourrissait encore des illusions. Mariette, qui s'était méfiée lors de leur rencontre, avait perdu peu à peu depuis lors le sens des réalités ; elle commença à croire dans l'avenir de Philippe au moment où celui-ci fut définitivement compromis aux yeux des bons juges.

Elle avait besoin de cet espoir pour supporter les premières affres de sa nouvelle vie. Au bout d'un an, elle n'avait plus beaucoup de robes ni de souliers. Elle vendit son manteau de fourrure pour payer son terme ; elle ne pouvait se résigner à quitter son appartement.

Philippe la blâmait de s'arracher si difficilement à son pauvre bien ; il n'avait aucun besoin de confort. Dès lors, il prenait des habitudes qui deviendraient la routine de toute sa vie. Cet homme, qui avait été un jeune bourgeois soigné, un étudiant minutieux, s'était découvert à la guerre une nature impérieusement fruste. Il s'abandonna entièrement aux délices animales et modestes de la paresse. Un paquet de cigarettes tous les jours et de temps à autre le cinéma, une après-midi de bateau sur la Marne, voilà qui, en dehors de l'amour, comblait tous ses vœux. Le bavardage avec l'un ou avec l'autre, la chaude atmosphère du journal, les menus privilèges dont son métier l'assurait dans la vie de Paris, cela achevait de lui faire oublier son ambition.

Il était bel homme et il aurait eu un peu partout des succès féminins, s'il n'avait été fidèle. Fidélité faite de jalousie, car il n'avait pas oublié ses débuts difficiles auprès de Mariette, et le métier de celle-ci le maintenait dans une salutaire inquiétude. Il suffit qu'une femme ait résisté une heure à un homme pour garder un long prestige, alors même qu'elle s'est abandonnée à lui pieds et poings liés. Elle se consolait de n'avoir plus de robes, puisqu'elle était si bien aimée nue.

A la longue pourtant, ce prestige s'usait. Philippe commençait de regarder à droite et à gauche. D'autant plus que la plus grande liberté de Mariette avait diminué la sienne, dont il était déjà férocement jaloux, comme peut l'être un bohème bourgeois qui retrouve ainsi l'avarice. S'il avait voulu que Mariette fût toute à lui, il ne songeait nullement à la payer de retour. Voulant garder le contact avec sa famille, il ne songea pas à habiter avec elle. Les amies de Mariette qui, riches ou pauvres, s'étaient extasiées sur le sacrifice qu'elle faisait à l'amour, étaient près de s'indigner. Mais Mariette leur expliquait les privilèges de Philippe, qu'elle croyait être ceux de l'artiste, qui étaient en réalité ceux du fils de famille.

Cependant elle était encore capable de défense, et il lui arriva de sortir avec d'autres hommes ; à les dominer facilement elle se délassait, le temps d'un dîner.

Peut-être Mariette et Philippe se seraient-ils détachés sans douleur, si un événement ne s'était produit qui eut de graves conséquences : Mariette fut enceinte. Elle était habituée à certaines pratiques, elle était bien dressée par Philippe, elle avait refoulé profondément en elle, à cette époque, tout espoir matrimonial ; en sorte qu'elle ne s'étonna pas de la décision de Philippe.

— Mon petit, tu comprends, nous n'avons pas d'argent. Avec mon métier... Ah ! si j'avais de l'argent, je serais bien heureux d'avoir un enfant de toi. Mais... qu'est-ce que tu veux ?

La décision fut prise rapidement et sans grand émoi de part et d'autre. Or, ces quelques mots fixèrent soudain le sort de ces deux êtres. Le moyen de fortune qu'employa Mariette et qui l'avait épargnée en d'autres temps, eut cette fois-ci raison de sa santé de femme. Elle devint infirme comme tant d'autres, après avoir manqué mourir.

Philippe qui, jusque-là, tant vis-à-vis de Mariette que de lui-même, avait été presque uniquement léger et inconscient, tout en égoïsme juvénile, s'éveilla à demi. Il fut visité par un remords violent : pour la première fois de sa vie, en dépit de son expérience de la guerre, il se heurtait au sentiment de l'irréparable. La mort qu'il avait frôlée tant de fois en Argonne ou en Picardie, entrait pour la première fois dans son cœur. Pourtant elle ne bouleversa qu'à demi ses dispositions et ses habitudes. Or, si des résolutions absolues ne suivent pas sur-le-champ un tel bouleversement moral, on s'aperçoit plus tard qu'il n'a servi de rien. C'est ainsi que cette tendresse nouvelle, douloureuse et pitoyable, qui rattacha Philippe à Mariette convalescente, assura le malheur futur de celle-ci.

C'est ce dont se rendit compte peu de temps après son ami Xavier Cormont. Celui-ci occupait dans la presse de droite une place un peu en l'air, du genre de celle qu'avec le moindre effort Philippe aurait pu occuper dans la presse de gauche. Mal payé et un peu bousculé par ses confrères, Cormont développait un talent inégal mais tenace. Il semblait avoir renoncé aux grandes ambitions et montrait sur toute chose une sagesse un peu affectée.

Il dînait quelquefois avec le couple, recevait les confidences de Philippe et devinait celles de Mariette qui transparaissaient sur son visage clair, maintenant marqué.

— Pourquoi ne quittes-tu pas Mariette ? demanda-t-il un jour à Philippe avec la lucidité hargneuse des vieux amis.

— Comment ? Mais je l'aime, répondit celui-ci sans dissimuler son air aussitôt soucieux.

— Tu l'aimes *encore*. N'attends pas de ne plus l'aimer. Si tu la quittes au bon moment, vous souffrirez moins tous les deux, surtout elle. Et puis...

— Et puis ?

— Quel âge a-t-elle ?

— Trente-quatre ans.

— Elle n'en a plus pour longtemps à être belle. Ces belles blondes se fanent, du moins dans le travail.

— Oui, je sais, murmura Philippe, son métier est esquintant ; il n'y en a aucune qui le fasse si tard.

— Pour parler net, quitte-la quand il est encore temps pour elle de retrouver un amant plus sérieux que toi.

Contrairement à ce qu'attendait Cormont, Philippe ne protesta pas contre la morale bourgeoise qui lui était ainsi rappelée. Il comprenait maintenant que pour Mariette, qui était brave, le recours à un homme capable de travailler pour elle n'était qu'un pis-aller, une défense maladroite mais nécessaire contre la déchéance prématurée que ne méritait pas sa belle chair blanche.

Mais il ne voulait pas voir la situation en face, il se

réfugiait dans des serments, des exécrations épouvantables contre le traître qu'il serait demain.

— Mon vieux Cormont, je ne la quitterai jamais. J'ai ruiné sa vie de femme par mon inconscience et mon égoïsme. Elle était faite pour avoir des enfants, bâtie comme elle l'est. Il y avait en elle une source inépuisable de santé et de fécondité.

Quand leur conscience crie dans la rue, les gens qui savent bien de quels excès elle pourrait se montrer capable s'ils lui ouvraient la porte sans précaution, lui jettent par la fenêtre une de leurs actions, une seule. Philippe avait d'ailleurs choisi la plus noire.

— C'est impossible que tu restes avec elle toute ta vie.

Pourquoi Cormont disait-il cela avec tant d'assurance ? Il pensait principalement que Philippe aurait tôt ou tard une réaction contre sa vie de bohème, que le bourgeois se réveillerait en lui et que Mariette serait la première victime de ce changement. Jugeant en cela par lui-même, qui, brave journaliste sans grand renom et prenant du ventre, rêvait sournoisement d'un mariage confortable, il se trompait. Mais il se trompait seulement sur la pente que préférerait la lassitude de Philippe.

Ce qui fléchit d'abord, ce fut ce qui semblait le plus solide : l'attachement sensuel. Philippe avait été pendant plusieurs années un amant entièrement absorbé, parfaitement fidèle. Sa pauvreté, son orgueil en étaient des garanties en dehors de la concentration naturelle de ses sens qui, reportée sur d'autres objets qu'une femme, aurait pu faire de lui un artiste. Soudain, il parla des longs retards de sa curiosité, réclama sa liberté. Il commença de tourmenter Mariette. Certes, depuis des années, il avait prétendu faire de celle-ci une femme « moderne » ouverte à toutes les indulgences que conseille une certaine philosophie de la nature, une libertaire, prémunie contre la tyrannie de la sentimentalité. Mais, sous ses acquiescements apparents, la sensibilité entière de Mariette avait subsisté, prête à nourrir sa souffrance.

Philippe eut des aventures et, ne voulant pas la tromper, la déchira avec les griffes d'un cynisme qui, de plus en plus acérées, armèrent peu à peu un véritable sadisme. Il revenait souvent à elle, mais pour mieux la torturer. La sensualité qu'il lui rapportait versait sur elle l'acide des comparaisons les plus traîtresses.

Une femme peut sangloter tous les jours pendant des mois et des années.

— Notre vie est un enfer ! cria-t-il un jour.

Il avait tout fait pour qu'il en fût ainsi. Et, dès lors, l'idée de la séparation entra en lui. Et en elle. Elle faisait un mal atroce chez l'un comme chez l'autre. Pour lui, c'était la fin de sa conscience. Depuis l'avortement de Mariette, il avait conçu sa vie avec une misérable futilité sur l'idée négative que s'il ne ferait jamais beaucoup de bien à sa compagne, il ne lui ferait jamais beaucoup de mal. Pour elle, toutes les promesses dont la vie l'avait caressée quelques années auparavant, elle pensait souvent les charmer de nouveau, les ramener sur son destin. Bien qu'elle vît les défauts et les défaillances de Philippe, elle gardait foi en lui. Il était difficile à une femme qui n'est pas éduquée et qui connaît peu le monde de mesurer la valeur d'un homme et surtout de rabaisser celle d'un amant qui exerce sur elle une complète autorité physique. Comme Philippe lui-même, elle pensait qu'il était méconnu et qu'un jour ou l'autre un miracle éclairerait ses amis que tous deux soupçonnaient de l'étouffer doucement dans l'esprit des directeurs de journaux. Par-dessous cette songerie elle se reposait en toute innocence sur un futur plus positif : les ressources bourgeoises que continuait à receler l'existence chétive de son amant, l'héritage qu'il attendait de ses parents et qu'il partagerait un jour avec ses deux sœurs mariées dans l'armée.

Elle avait toujours supporté que Philippe demeurât chez ses parents parce que cette habitude maintenait le trait d'union entre un passé misérable, sans cesse plus long, et un avenir reposant et confortable, sans cesse plus court, hélas !

Mariette qui, à trente-cinq ans, changeait encore de robes cent fois par jour dans une « cabine » de la place Vendôme, reposait en toute innocence son beau corps excédé sur cette promesse d'avenir. Mais surtout elle comptait sur le mariage. Cette douceur, sans enfants, n'est qu'un leurre amer, mais pour des millions de femmes sans ressources et sans famille, perdues dans le désert des villes, elle peut tromper l'angoisse d'être seules.

Et voilà que Philippe la replongeait dans un dénuement pire que celui de ses quatorze ans quand, apprentie débarquée à Paris, elle ne savait pas qu'elle était belle et marchait le soir, sur des talons tournés, vers un galetas vide.

— Si je ne t'aime plus, cria Philippe avec un visage

convulsé par la peur, rien ne peut faire que je t'aime encore. Et si je ne t'aime plus, je ne peux plus vivre avec toi.

Il s'arrêta et la regarda. Il lui semblait enfoncer un couteau et voir le sang jaillir. Le jaillissement rouge, ce fut ce cri :

— Eh bien ! va-t'en.

— Faut-il deux victimes au lieu d'une ? Si je me tue, faut-il que je meure avec toi ? Si je reste avec toi, ma vie est finie.

Il pensait avec horreur à l'ennui qui pourrissait maintenant ses soirées auprès d'elle.

— Je t'ai donné toute la fin de ma jeunesse, murmura Mariette.

— Est-ce une raison pour me prendre mon âge mûr ?

Ce jour-là, il fallait à Philippe vomir tout. Elle se drapa dans l'ignominie.

— Je suis sans argent, ma figure s'abîme, je finirai vieille ouvrière.

Il donna des coups de poing contre les murs.

— Tu déplaces la question, grinça-t-il. D'une part, il y a la question de l'amour, et de l'autre, la question de l'argent. Tu n'as pas plus d'argent sans moi qu'avec moi.

Il avait oublié ce qu'il lui avait fait perdre.

Mariette se tut. Elle n'osait plus penser à l'héritage de Philippe, et elle n'avait plus ni le goût ni l'espoir de plaire à un de ces hommes sûrs comme ceux qui l'attendaient autrefois place Vendôme. Dans le noir, elle cherchait à tâtons la colère comme une boîte d'allumettes qui peut allumer un incendie salutaire, anéantir le passé ;

mais sa main asservie ne la trouvait pas. Philippe répétait :

— Les deux questions sont séparées.

Il n'osa pourtant pas ajouter : « Si tu avais de l'argent, tu serais moins triste de me quitter. » Il sentit que ce serait odieusement idiot : le chagrin n'est pas une chose mesurable. Il se réfugia dans l'ânonnement de ses maximes libertaires :

— Toi aussi tu aurais pu cesser de m'aimer et avoir envie de t'en aller avec un autre. Le risque était réciproque.

Mais Mariette n'était pas libre de ne pas vieillir plus vite que Philippe. Elle luttait comme elle pouvait contre cette fatalité. Or, l'union de l'homme et de la femme est une assurance du plus faible contre le plus fort et souvent du plus âgé contre le plus jeune. C'est la nécessité, qui fonde l'institution du mariage et s'impose dans le collage avec plus de force encore, car, dans ce cas, elle mord plus directement sur le secret des consciences. Dans un collage, au bout de quelques années, le plus faible regarde l'autre et est près de se reposer enfin sur l'idée qu'il l'a assujetti définitivement. Si l'autre a encore assez de force, il sent la menace, s'arrache et cherche un compagnon plus jeune.

Mariette, femme bonne, sans ruse, sans amis, sans famille, sans éducation, en face d'un homme qui avait un peu de tout cela, semblait sans défense : elle avait pourtant une alliée, la pitié, qui rôdait autour du cœur de l'autre.

Philippe se défendit avec âpreté contre l'enjôleuse. Certes, s'il avait été plus fort dans sa lutte contre les hommes, il aurait eu le droit de se défendre contre cette sirène dont les chants doucereux vous attirent sur des îles de désolation. Mais, et ce fut plus tard tout son remords, il ne montra jamais de dureté que contre une femme.

Du reste, sournoisement, il s'était toujours défendu contre Mariette : par exemple, il n'avait jamais voulu vivre avec elle. S'il ne la quittait pas maintenant, il lui faudrait enfin avouer ses chaînes et en venir à habiter avec elle. Or, cette perspective l'obligea brusquement, au bout de dix ans, à reconnaître tout ce qui manquait à Mariette pour le satisfaire et tout ce qu'il pouvait encore trouver en dehors d'elle. Sur le tard, la volupté étant morte, Philippe s'avisait que cette femme, qui lui réclamait le reste de sa vie, était la cause du mal qu'il s'était fait. Il était vrai qu'il n'y avait pas en elle le sens de l'ambition. Si elle n'avait été belle, elle ne serait jamais sortie de la misère ; elle n'avait jamais eu la moindre divination des valeurs supérieures ; aussi n'avait-elle pu apporter à Philippe aucune critique salutaire ni aucune ironie éperonnante. Sans le vouloir, elle avait laissé Philippe se perdre dans la paresse et la facilité.

Une réaction tardive et vaine, une obscure rancune souleva Philippe contre elle. Jamais un homme ne pardonnera à sa compagne ses propres faiblesses.

Les choses traînèrent cruellement. Deux ou trois années passèrent. Il fallait, pour en finir, qu'une volonté s'imposât à Philippe et à Mariette, aussi incapables l'un que l'autre d'avancer ou de reculer.

Cette volonté fut celle d'une femme qui tomba amoureuse de Philippe. On put voir alors que celui-ci était soulevé par l'envie de trouver mieux que Mariette, mais qu'il avait passé trop de temps avec elle pour pouvoir désormais s'élever beaucoup au-dessus d'elle. Il avait pris du ventre, ses dents étaient salies par le tabac, il ne se baignait pas assez souvent et la rancune colorait tous ses propos.

Renée Loret était une petite journaliste en qui Philippe trouvait une partenaire pour les interminables bavardages qui, de plus en plus, remplaçaient chez lui la lecture et l'étude. Plus instruite, elle n'était pas si belle que Mariette ; mais son type physique rappelait de façon évidente, comme il arrive souvent, le type de la délaissée.

Elle admirait Philippe qui était supérieur, de toutes les manières, aux amants qu'elle avait eus jusque-là et qui étaient justement ces camarades médiocres dont Philippe, dans les cafés, se faisait une cour dérisoire. Il était aussi urgent pour elle de conquérir une ombre que pour Mariette de garder celle qui l'avait fascinée si longtemps. Elle engagea carrément la lutte et voyant que Philippe louvoyait et semblait vouloir partager son temps entre elle et Mariette, elle eut le courage de lâcher son travail et de courir la misère en Espagne pendant plusieurs mois, pour se faire désirer.

Quand elle revint, Philippe n'avait pas vu Mariette depuis un mois. Un soir, il revint lui dire qu'il la quittait.

Mariette hurla, acheta un revolver. Quelque chose la sauva, une légère impureté dans sa vie.

Elle avait toujours gardé son petit appartement de Neuilly. Comment le payait-elle ? Elle avait fait croire à son amant qu'elle avait été sérieusement augmentée par sa patronne. Mais, de temps à autre, elle voyait un associé de son ancien ami, un homme effacé et ponctuel qui n'avait pas besoin, semblait-il, de plus que ces quelques minutes pendant lesquelles elle se laissait admirer de temps à autre.

Un soir qu'elle avait refusé de recevoir cet homme et que, seule, elle se laissait tournoyer autour de l'idée de meurtre, cet homme entra de force chez elle.

Il avait deviné son état d'âme. Cet homme n'était pas très sensible, mais la jalousie qu'il nourrissait depuis des mois, en silence, pour Philippe, avait fait de lui, pour toujours, l'esclave de Mariette. Dans un transport de joie, il s'écria :

— Après tout, vous l'avez bien trompé avec moi !

Ce mot, qui fit honte à Mariette, lui retira un instant le sentiment de son bon droit ; elle en resta désarmée.

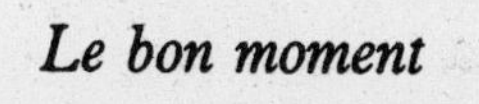
Le bon moment

I

MARC

19 mars 1930.

Ma chère Gisèle,

Je t'écris comme si j'allais mourir. Et il me semble vraiment que je vais mourir. Je me sens mal. La fièvre augmente, la gangrène est dans ma cuisse. Si le médecin anglais n'arrive pas à temps...

Quelle histoire imbécile ! Je me plaignais toujours d'être mené par une destinée bourgeoise. Or, ne voilà-t-il pas une fin « tragique » ? C'est ce que diront les journaux. Mais elle est des plus banales. Un accident d'avion du côté du Tchad, aujourd'hui cela vaut l'accident de mon grand-père sur la ligne de Trouville.

Enfin, du moins aurai-je connu le mot de l'Afrique : c'est une absence de tout. Dans cette case qui est pourtant celle d'un fonctionnaire anglais, il n'y a rien que ma fièvre qui gronde.

Eh bien, Gisèle, je souhaite mourir. Je souhaite mourir, parce que tu ne m'aimes plus. Gisèle, peut-être, dans trois jours tu pleureras toutes les larmes du monde, et pourtant tu ne m'aimes plus. Et je veux mourir, parce que du moins j'aurai ces larmes-là.

Tu m'as donné quelque chose de magnifique ; tu m'as donné le plus qu'une femme peut donner à un homme : par-dessus une toquade de jeune fille, une passion de femme. A vingt-trois ans, tu m'as aimé avec le plus vif pressentiment et, devenue femme peu à peu dans mes bras, tu as employé toutes les forces intactes de la jeune fille.

Nos corps s'étaient promptement et parfaitement entendus et notre longue méditation en commun dans cette chambre — toujours la même — où nos âmes ont été si sensuelles, n'a jamais manqué de découvertes.

Nos goûts ne se sont pas contrariés et se sont même aidés. Tu es plus artiste que moi ; mais tu ne l'es pas trop ; tu n'aimes pas tellement plus les objets que les livres. Et, comme moi, tu n'es pas trop intellectuelle, tu aimes également les êtres et les livres.

Je suis plus tendre que toi, mais qui sait ?

Sans doute, si je vis, tu ne me quitteras jamais. Tu n'as même pas l'idée de me quitter, ou si tu l'as — car qui donc n'est pas visité à quelque moment par l'idée de quitter chacun et tous ? — tu l'écartes par le simple soulèvement de tout ton cœur. Tu n'imagines pas la vie sans moi, tu crois m'aimer.

Et nous sommes liés par le travail — mieux que par l'argent, par le travail. — Nous sommes des bourgeois, comme n'importe quel Européen et Européenne d'aujourd'hui : d'abord le confort. Nous savons qu'il faut y sacrifier le loisir. Toutefois, quand je t'ai épousée, j'ai d'abord compté sur l'argent de ton père, par un reste de l'esprit d'une autre époque. Mais tu en as eu moins qu'il ne m'avait promis, et j'ai travaillé de bon cœur pour t'assurer par moi-même non seulement le confort, mais le luxe. J'y ai un peu sacrifié mes curiosités, mais j'y ai accru le plus certain de moi-même ; je vaux peut-être mieux comme secrétaire général de l'Intercoloniale que comme dilettante de l'archéologie. Tu m'as beaucoup aidé à atteindre ce poste supérieur : tu as pris sur toi, tu as vu les gens qu'il fallait voir. Tes heures mondaines ont été bien pires que mes heures de bureau, toi qui aurais voulu t'en tenir à dix amis triés sur le volet. Mais maintenant tu plais tellement qu'il ne t'est plus utile de faire d'efforts, et que les imbéciles les plus indiscrets acceptent tes silences.

Tu aimes être seule avec moi. Nous avons réussi, en dépit des obligations, à être extraordinairement seuls. Soirées de musique et de lecture où nous sommes l'un en face de l'autre, élégants et dégoûtés des autres à qui nous avons arraché cette élégance, mais en regrettant peut-être quelques-uns — soirées hélas écourtées par la fatigue des laborieux.

Tu m'as beaucoup aimé : est-ce pour cela que tu ne te souciais pas d'être mère, et que, l'ayant été, tu m'as toujours préféré ?

Nous avons peut-être été trop seuls. Mais quel blasphème et quelle lâcheté, de dire cela ! Au vrai, je n'ai jamais calculé notre bonheur. Je n'ai pas craint les imprudences. Je ne regrette pas la plus grande, d'avoir voulu être trop longtemps seul avec toi.

Tu sais ce que j'entends par ce mot : seuls, il ne s'agit pas de « ne pas voir des gens », mais de ne pas voir beaucoup les hommes et les femmes qui sont dangereux.

Avons-nous ignoré ou fui les gens dangereux ? Très tôt, par une anticipation extraordinairement aiguë, chacun de nous les a fuis à cause de l'autre ; et, les fuyant, il les oubliait très vite, bien sûr. Mais pourtant il les avait fuis.

C'est là où je veux en venir. Tu ne m'as jamais trompé et je ne t'ai jamais trompée. Misérable mot pour une misérable conception. Comme si deux êtres qui ont vraiment vécu l'un dans l'autre pouvaient se tromper. Ne se trompent que ceux qui s'ignorent. Jamais nous n'aurions pu nous tromper : chacun sentait le moindre frisson chez l'autre. Et c'est pourquoi cette lettre est inutile et je la déchirerai peut-être au moment de mourir — puisque tu sais tout cela, ma bien-aimée.

Mais ainsi chacun de nous était prisonnier de la connaissance que de lui avait l'autre. Sous ce regard inévitable, il n'osait pas bouger, parce qu'il savait que le moindre geste aurait chez son compagnon l'ultime répercussion.

Dès le début, nous avons tremblé. Du moins passé les premiers jours d'enchantement — car nous avons eu une nuit de noces et une lune de miel, et vraiment quand, l'autre année, nous avons entendu *Noces* de Stravinski, il n'y en avait pas beaucoup dans la salle qui pouvaient applaudir aussi naturellement que nous —, quand nous sommes rentrés à Paris et que nos yeux clignotaient sous la lumière cruelle des regards, nous avons eu une première peur. Mais elle a assez vite passé, chacun ayant été témoin des magnifiques indifférences, des évidentes distractions de l'autre devant la beauté et le génie, il a fallu nous abandonner sans réserve au bonheur.

Mais la peur est revenue depuis trois ans. Et chez nous deux en même temps, comme tout sentiment. Une peur subtile, point dérobée mais pudique, si prévoyante, lancée si avant aux limites du possible qu'il me semble aujourd'hui la voir se confondre avec le sentiment de la mort, qui veille ainsi comme une exquise preuve de vie dans les cœurs bien battants.

Il y a deux ou trois hommes et deux ou trois femmes que nous avons toujours écartés — tu sais bien lesquels — avant même qu'ils ne s'approchent.

Mais notre couple n'a-t-il pas rôdé de très loin autour de ces êtres ? Avons-nous été tentés ? Certes, et au premier coup d'œil. Car combien de jours dure l'hallucination totale du désir ? Combien de jours dure le grand soleil tourbillonnant ? Très peu de jours.

Évidemment, en répondant : très peu, je me force par raison, ne voulant pas m'en tenir à ma seule expérience. Car je n'ai vu que toi pendant des années et à travers d'autres femmes qu'il m'arrivait de désirer une minute je retrouvais toujours le type de ta beauté en filigrane. Mais je me dis que je n'y avais aucun mérite : j'avais eu tant de femmes avant toi, et, dans mon premier élan vers toi, il y avait un parti pris de les oublier toutes, qui n'attendait qu'une bonne occasion de se déployer.

Et quand je suis seul l'été ou l'hiver, je sens surtout la fatigue montante des quarante-cinq ans. J'ai fait la guerre et j'ai beaucoup travaillé, beaucoup aimé. Mais toi. Toi, si jeune — et qui n'as connu que moi. Voilà une pensée qui a traversé bien souvent mon cœur depuis quelque temps. Elle n'était pas nouvelle toutefois — car, lorsque je t'ai prise, ayant trente-cinq ans, j'avais jeté déjà cette pensée vers l'avenir. « Salut à tous ceux qu'aimera Gisèle. » J'ai toujours repoussé avec horreur l'idée d'épuiser ta vie. Je n'ai jamais voulu que tu me donnes toute ta vie. Car dans le don total, il y a tôt ou tard du sacrifice et je ne veux pas qu'il y ait de sacrifices pour toi.

Il n'y en a déjà eu que trop — ces peurs à grande distance que tu as nourries comme moi, ces fuites à perte de vue.

Mais si je me retourne sur moi-même, — cela s'impose dans cette case percée de moustiques, où je meurs de soif cloué sur un lit de camp —, je vois bien qu'après le don, il faut en venir au sacrifice, et ce sacrifice que je voudrais aujourd'hui faire de ma vie pour ta vie, c'est une part inséparable de mon don de toujours. Moi plutôt que toi.

Je remercie le ciel de ne m'avoir donné aucun talent irremplaçable qui me force à opposer mon moi au tien. (Tu rirais de cette expression dans ma bouche d'athée, mais nous savons que « remercier le ciel » dans le langage des hommes, c'est une façon de reconnaître la nécessité.) Si j'étais grand homme dans les affaires ou la politique ou les arts, je n'aurais pas sans réticence l'envie de mourir que j'ai maintenant et de faire place nette auprès de toi. Mais je ne suis pas un grand homme.

Je n'ai rien à perdre que moi, car toi, je t'ai déjà perdue. Tu ne peux plus me donner ce que tu m'as donné si longtemps. Tu m'avais donné et sans cesse redonné tout ce qu'on peut donner à l'autre. Mais, depuis quelque temps, tu commençais à laisser voir des signes d'usure — c'est pourquoi je m'en vais au bon moment. Tu commençais à me donner autre chose que l'élan de ton amour, de ta passion, de ton désir. Tu commençais à me donner de la tendresse, de l'amitié, de la gratitude. Et aussi ta sensualité, prise au piège de l'habitude, s'en venait vers moi par une pente plus molle, ou bien c'étaient des saccades de vice. Or, il est insupportable de voir un être, dont on estime infiniment les dons, vous les faire plus petits.

Ce changement dans la nature de tes sentiments ne t'échappait pas — car, c'est la loi de notre couple, rien ne nous échappe ; mais tu l'acceptais, comme l'inévitable changement des saisons. Il te semblait que du même mouvement tu vieillissais et m'aimais moins, et que tout cela était bien.

Gisèle, allais-tu donc mentir si tôt à ta jeunesse ? Pouvais-tu ainsi accepter d'être jouée par le temps ? Non, je ne peux pas croire qu'il faille mon aide pour que tu te retiennes sur la pente de la résignation. Dis-moi que tu allais, de toi-même, te détourner de moi, te révolter contre cette figure définitive que mes mérites imposaient à ton destin.

Crois à cette parole que je viens de te dire, qui n'est pas folle, qui est grave. Je t'assure que si mon premier mouvement en t'écrivant cette lettre a été d'un naturel égoïsme, et de vouloir ajouter mon sceau sur ton éloignement de moi, d'en faire ma propre initiative et ma propre aventure, la réflexion, après quelques heures qui comptent au centuple, m'épure, et je souhaite du plus profond de moi enfin atteint, par amour pour la beauté et pour la santé, qu'au lendemain de ma mort, tu reconnaisses en toi la force d'une métamorphose qui allait éclore en tous cas.

... Mais je parle d'égoïsme. Or, moi qui ai toujours

voulu vivre selon la Nature, qui ai toujours cherché à rapprocher dans la mesure du possible — une mesure que j'ai souvent méditée — la nature sociale de la nature animale où elle puise ses forces — comment puis-je espérer sortir de l'égoïsme ? Ne sais-je pas que tout acte ne peut être, dans son essence sinon dans ses effets, qu'égoïste, et qu'en tous cas, cet égoïsme devient poison s'il reste inconscient.

Je me demande donc avec effroi si, par « mon sacrifice », je ne veux pas, soudain abattant le masque, libérant la fureur de jalousie et de possession que je contenais depuis des années sous les dehors calculés de la tendresse, perpétrer sur toi un attentat singulier. Est-ce que je ne veux pas me réfugier dans la mort pour y être à jamais aimé de toi ? Est-ce que je ne veux pas me réfugier dans l'image d'un homme encore jeune et encore aimé et encore aimable, pour rendre à jamais impossible la tâche d'un futur rival. Moi, l'homme de claire raison, je veux battre ton amant de demain avec les forces obscures de l'autre monde.

Je te vois dans quelques jours là-bas à Paris : quand tu vas apprendre ma mort, comme je vais triompher ! Jamais tu ne m'auras tant aimé, jamais je n'aurai tenu tant de place dans ta vie. Comme nous sommes occupants, les bien-aimés, quand les frontières de notre figure se confondent avec celles du vide ! Comme nous sommes forts en esprit ! Comme absents nous sommes présents ! Il y a une espèce d'absents qui a longtemps et peut-être toujours raison. Si j'ai raison longtemps, ce sera comme si j'avais toujours raison, car la vieillesse te tombera sur les reins avant que tu n'aies le temps de te débarrasser de mon image.

Voici : je vais être une image, une photo — un

fantôme. Comme un fantôme je médite de me jeter sur toi avec la force de l'invisible, pour te dévorer. Enfin je réaliserai le rêve atroce qui remuait au fond de moi quand je te caressais d'une main si courtoise, quand d'une voix si libérale, je te disais : « Sors donc sans moi, ce soir, ma chérie. Va donc voir les Béranger, il est si intelligent. »

Ah non, pas ça. Il me faut vivre, il ne faut pas que je m'abandonne aux mensonges du chagrin. Il ne faut pas te jouer ce tour d'esprit frappeur. Il ne faut pas éluder cette longue pente descendante dont la première chute est de n'être plus aimé, d'être quitté. Je vais guérir, je reviendrai vers toi. Et au premier de mes regards, tu comprendras tout, tu n'auras même pas besoin d'entendre mes paroles. Tu sauras que c'est fini, que je suis devenu celui que ton être dans sa secrète vitalité préparait, que j'accepte ma défaite. Je reviendrai vers toi avec des tempes grisonnantes et dans mes mains décharnées par la fièvre, je te rapporterai le printemps, l'annonce de ta métamorphose.

« Vous savez que Gisèle Bardet a un amant. » On entendra ce mot dans Paris, comme une cloche de Pâques. Et on ajoutera : « Elle n'a jamais été si jolie. »

Moi, je voyagerai. Il faudra que de plus en plus je navigue sur cette Afrique. Je ne veux pas être là pendant le temps que tu attendras, que tu chercheras, je ne veux pas être là au moment où tu trouveras. Je ne veux pas être là pour que tu lises dans mes yeux l'incurable défaveur que je jetterai sur celui que tu auras choisi. Il y aurait là encore un détour de l'égoïsme. J'ai assez vu de ces époux complaisants et venimeux qui jouaient les stoïques, mais ne manquaient pas d'empoisonner le nouveau bonheur de l'autre. Du moins, ils essayaient. Je ne veux pas que tu sois atteinte par le fiel. Je ne veux pas jouer contre toi de notre profonde complicité.

Qui me remplacera ? X... ou Y... ? Je ne veux pas le savoir. Que ce soit un inconnu, ou l'un de ceux que je connais trop, il sera nouveau pour toi. Car ton deuil — deuil de moi ou de ton amour pour moi — va te tremper dans un bain de jeunesse dont tu vas sortir toute fraîche, avec des yeux neufs.

Maintenant, tu seras femme. Tu seras une femme dans les bras de ton second amant. Aux yeux du premier, il reste toujours quelque chose de l'enfant.

Ne frissonne pas comme cela. Ne me regarde pas avec cet œil d'effroi, de reproche, d'horreur. Je ne veux pas te blesser, je ne veux pas me blesser. Je veux servir la vie.

Je veux donner un sens à ma mort.

... Maintenant, tu ne me regardes plus. Il y a longtemps que je suis mort. Tu regardes devant toi, et tu recules.

Quoi ? Ne serais-tu pas aussi vivante que je voudrais ? Pourrais-je te mépriser ?

Mais si je te méprise, je me méprise. Tu es ma vie, que je laisse derrière moi. Je veux qu'elle ait été belle, il faut qu'elle le soit encore. Il faut que tu continues d'être très vivante sans moi.

Il faut qu'on puisse dire : il avait bien choisi. D'ailleurs on ne dira pas ça. Non pas qu'on m'ait oublié. Mais on verra désormais les choses à travers toi. On dira : « D'ailleurs, son premier amant était déjà très bien. »

Car j'ai été ton amant; et je meurs pour ne pas devenir ton mari.

... Je vais mourir ; décidément, je vais mourir. Et voilà que je regrette la vie. Toute cette lettre n'était que littérature. Je la déchire, je la brûle. Il n'est que la vie. Je ne veux pas mourir. Je veux vivre pour aimer d'autres femmes que toi. Moi aussi, je suis encore capable de métamorphoses. Attends un peu.

... Oui, je meurs. Mais je ne sais plus. Faut-il déchirer cette lettre ? Faut-il la laisser aller vers toi ? Quand j'étais jeune, j'aimais la vérité, l'atroce vérité. Mais le mensonge est vrai aussi ; il est construction. Cette construction de dix ans, notre amour.

... Donnez-lui cette lettre, quand elle sera vieille, près de mourir.

II

GISÈLE

11 mars.

Marc est parti pour longtemps ; il ne sera pas revenu avant un mois et demi. Il n'avait jamais fait que des voyages de huit ou quinze jours en Europe. Le voilà en route pour Madagascar.

Ce soir, je suis seule ; j'ai refusé les invitations qui ont plu. Elles me paraissent indécentes. On dirait les gens à l'affût. Comme si Marc m'avait abandonnée, ou comme si je l'avais abandonné. Ils sont curieux de la figure que je ferai seule, au milieu d'eux.

J'aime être seule, je suis souvent seule. Ou nous

sommes seuls. Je vis beaucoup dans ce petit salon où il y a mes livres, mon piano. Ce sont aussi ses livres, son piano. Qu'y a-t-il de moi qui ne soit à lui ? Mes robes sont à lui, elles sont choisies pour lui plaire. Mon parfum gris-jaune, nous l'avons choisi ensemble, en tâtonnant.

Je suis étonnée que ce soit lui qui s'en aille ; mais moi, dans les dernières années, je suis souvent partie, je l'ai laissé. Autrefois je n'osais pas ; cela me faisait honte de le laisser à Paris travailler, d'aller m'amuser, ou me reposer de m'être amusée. Et puis j'ai osé. Une fois, je suis restée cinq semaines en Italie.

Je pense à Mathilde qui travaille du matin au soir, soigne ses enfants, en fait plus que son mari qui est pourtant laborieux, mais sans moyens. Les femmes ont trop ou trop peu.

Il était très ému, très anxieux en partant. Il le cachait ; je l'ai bien vu. C'est qu'il y avait pour lui et, au fond, pour moi quelque chose de nouveau dans tout cela.

— Comme j'ai été jalouse de lui ! Comme j'ai eu peur de le perdre ! L'a-t-il su ? Il l'a oublié. J'avais si peur d'être inférieure à ma tâche. C'est si dur pour une jeune fille de conquérir un homme. J'étais terriblement jeune fille. J'ai eu de la chance de tomber sur un homme comme lui ! J'aurais pu si facilement prendre peur, m'empêtrer, me buter.

Pourtant je savais que j'étais jolie. Mais de quel secours cela m'était-il ? Il y en a de plus jolies, qui n'ont pas plu, ou qui n'ont plu qu'un jour. Et puis, il ne s'agissait pas de cela entre nous. Il était entendu que j'étais jolie fille et qu'il était beau garçon : l'intérêt de l'aventure commençait au-delà. Tout de suite, quand nous nous sommes vus, nous nous étions promis, sans nous le dire, de risquer l'impossible et de réussir.

Nous avons réussi. Grâce à lui. Sa science était discrète. Quelle modestie ! Il est trop modeste. J'étais épouvantée et charmée de son humilité devant moi, pauvre fille. Comme il a su me guider, m'aider, me sauver de plus d'un faux pas. Comme il a su cacher ma timidité... et ma pudeur devant les autres. J'ai des amies qui n'ont jamais pu pardonner à leur mari les humiliations faites par les brutes — hommes et femmes en pleine vie —, à la jeune fille qui meurt. Chez lui, ce n'était pas calcul, c'était instinct de l'amour. Cette chance inouïe pour une femme de rencontrer un amant, là où elle n'aurait le droit que de rencontrer un mari, puisque, jeune fille, elle s'est dérobée à toute expérience, se chargeant de son innocence, comme d'un trophée peut-être ridicule pour son vainqueur. Mais comme je l'ai aimé !

Je l'aime.

J'avais peur, quand au retour de notre premier voyage, il a revu les femmes. Et il avait peur pour moi de ma peur. Quels triomphes délicieux il a su me ménager.

Je disais bien des bêtises, mais il savait me les laisser dire. C'était à moi de rougir, le lendemain, et de comprendre.

Il ne s'est jamais vanté de ses amours passées ; mais il ne me cachait pas qu'il en était encore tout marqué. Devant moi, il a laissé tomber lentement toutes ces marques ; peu à peu je voyais comme je l'investissais.

Il avait beaucoup aimé l'une de ces femmes, avec une fougue douloureuse que sans doute il ne m'a jamais donnée. De toute évidence, il croyait ne jamais pouvoir l'oublier. Et pourtant... Mais sans lui, comment aurais-je pu mener à bien cette tâche, la plus délicate qui s'offre à une femme, d'être la cinquième ou sixième maîtresse d'un premier amant ? Il s'appuyait toujours sur l'idée certaine qu'il avait de la femme que je suis devenue. Et moi je tâtonnais dans le noir, sans savoir où j'allais.

— Il m'a faite ; tout ce que je suis est à lui.

Quel effort il a fourni. Certes, les dons ne lui manquaient pas. Mais enfin, il s'y est fatigué ; car il est certain que l'amour est un travail. Si l'amour ne l'a pas été trop pour moi, c'est grâce à la charge que Marc en a pris.

L'amour qui dure. Dès le premier jour, nous songions à cela, nous nous étions promis cela. Tous les deux, nous voulions connaître quelque chose à fond. Il m'a dit deux ou trois fois, à des années d'intervalle : « Je n'avais jamais connu une femme. » La première fois qu'il me l'a dit, une émotion inoubliable m'a habitée.

Je sais quelles circonstances heureuses ont entouré notre amour. Nous n'étions ni l'un ni l'autre laids, pauvres, bêtes. Il avait trente-quatre ans et j'en avais vingt-trois. Dans ma demi-province de Compiègne, je n'avais remarqué personne ; aucun faux départ.

Comment avais-je pu d'ailleurs attendre l'amour si calmement, moi qui suis sensuelle. Un an de plus, et sans doute je commençais à perdre la tête, à divaguer, à me jeter à la tête de n'importe qui, comme Mathilde qui, avant de rencontrer son journaliste, collectionnait les amants avec persévérance et résignation. (La fille d'un premier président !)

Lui, toutes ces belles dames adultères commençaient à lui laisser de l'amertume.

13 mars.

Deux jours passent. Comme nous restons pleins l'un de l'autre, longtemps après nous êtes séparés. A mon premier séjour en Suisse, après la petite, j'ai gardé tout un mois sur la bouche son dernier baiser.

Nous nous sommes terriblement aimés ; trop peut-être. Il me semble que je lui ai tout pris, toute sa jeunesse, sa seconde jeunesse, toute sa force, toute son attention. C'est qu'il me donnait tout, et avec tant de bonheur, avec une telle jouissance dans la générosité.

Il me semble pourtant que j'ai trop pris, que j'ai abusé. Est-ce qu'une femme a ainsi le droit de claquemurer un homme, de faire une fête solitaire de ses idées, de ses mots, de sa profusion ? Je l'ai vu quelquefois taire une pensée, une image dans une conversation pour me la donner, à moi seule, dans la voiture en rentrant.

Quelquefois, quand il me regarde, il y a comme un masque ascétique qui se dessine sur sa figure. Fou de Marc.

Et pourtant il est resté sensible aux autres femmes. Et elles sont restées sensibles à lui. Il n'est pas de ces hommes mariés sur lesquels le silence se fait.

Vingt fois, j'ai vu une volée de femmes prêtes à fondre sur lui, parce que, pendant une heure, il avait été éloigné de moi dans un salon. Mais soudain, il se retournait, il me cherchait. Il me trouvait.

Quel tyran je suis ; mais aussi quelle esclave. Hier au soir, je suis rentrée seule, je n'ai pas voulu qu'on me raccompagne. J'ai regardé nos fenêtres, les fenêtres de mon heureuse prison. Bientôt dix ans.

Depuis que Marc est parti, je vois autour de moi la comédie que voit une femme seule. Je serais veuve ou divorcée, ce ne serait pas plus piaffant. Tout cela est naïf ! J'ai pourtant été déjà seule. Et dans des endroits plus intrigants, à Saint-Moritz par exemple. Sur un bateau.

Seule, j'ai été souvent seule. Tout sépare un homme d'une femme. Le travail, surtout. Marc a été chaque année plus captif loin de moi, dans une autre prison. De plus en plus de voyages d'affaires. Et j'ai trouvé le moyen de m'en aller de mon côté. Pourquoi ? Si je reste trop longtemps à Paris, je deviens laide, par fatigue.

« Je deviens laide. Je suis jolie. » Nous nous sommes beaucoup trop occupés de moi. Marc se donnait du mal pour me donner du luxe et moi je voyais un tas d'imbéciles pour soulager ce mal ou l'augmenter. Comme je suis égoïste.

Comme il l'est peu : il ne l'est pas assez. Mais pourquoi ? Pourtant, c'est un homme courageux et fort ; dans les difficultés qu'il a eues quand il a quitté sa première affaire, il l'a prouvé. Il m'aime trop. Je l'ai trop absorbé.

15 mars.

Il est tendre, c'est un fou de tendresse. Comme il m'a entourée. Entourée, cernée. Je pense toujours à son inquiétude. Je crains toujours de le blesser ; je sais qu'il est en mon pouvoir de le blesser du moindre mot.

Mais j'ai fait attention. Une attention de tous les instants qui m'a fatiguée, moi aussi.

J'avais bien besoin de me reposer, au fond, ces temps-ci. Ce repos-ci est différent des autres, car je sais qu'en même temps que moi se repose Marc. Je sais que ce voyage pour lui, c'est une sorte de vacance ; il est libéré de ses préoccupations de Paris, de sa routine de Paris. Il voit un peu le monde ; il est garçon.

Je suis drôle ; on dirait que je suis contente que Marc soit parti, pour lui. Au fond j'imagine qu'il est libéré de moi. C'est drôle !

C'est monstrueux ; ne suis-je donc pas inquiète ? Cet avion, les maladies de là-bas. Mais il a tellement besoin de changer d'air.

Peut-être avais-je besoin aussi de changer d'air ? C'est la première fois que je suis seule à Paris de ma vie.

Je continue à refuser les invitations. A peine si je suis sortie. Chez les Dunan ; il y avait les Boulanger.

Je goûte l'amertume d'être seule, l'amertume de ne dépendre que de moi, de tout mesurer à ma seule pulsation. Que ferai-je ce soir ? Si je sortais seule ? Au hasard, dans Paris.

Ils me téléphonent tous. « Mais on ne vous voit nulle part. Mais vous ne pouvez pas rester seule... »

— Il y a cinq jours que Marc est parti. Télégramme de Tombouctou, tout va bien.

J'ai dîné chez les Lambert. Comme la femme du colonel chez le général. J'ai le cafard, il en est ainsi chaque fois que je vois les Lambert. Est-ce que Marc deviendra comme Lambert ? C'est évident, puisque je sais qu'un jour Marc le remplacera à la tête de l'Intercoloniale : le même désir, quand il est bas, crée les mêmes personnages. Ils sont fatigués, les Lambert ; ils ont travaillé, ils se sont contraints. Mais nous, les Bardet, nous nous contraignons plus ; plus inclinés que les Lambert à jouir de la vie, nous avons donc de plus gros sacrifices à faire à l'ambition. Nous serons donc encore plus laids qu'eux : nous le sommes peut-être déjà.

Je viens d'écrire le mot d'ambition. Comme c'est grave de prendre la plume et de fixer ses pensées. Quelle force m'a poussée vers ce stylo. Voilà un mot : ambition, que je n'aime pas, que j'évite dans mes songeries. Il me semble que j'aime moins Marc quand je me rapproche de ce mot. Tant pis. Expliquons-nous.

Eh bien, voilà. Je reproche à Marc au fond de moi-même, depuis trois ou quatre ans, de ne pas être ambitieux. Oui, cela ne me paraît pas de l'ambition d'avoir travaillé comme nous l'avons fait depuis trois ou quatre ans, pour obtenir la deuxième place dans l'Inter. Je sais bien que ce n'est pas cela que rêvait Marc dans sa jeunesse. Et je sais bien que c'est à cause de moi qu'il s'est tourné vers l'argent.

Je lui en veux un peu. Il m'a donné trop de pouvoir sur lui. Il a fait de moi une courtisane. Dans cette maison tout tourne autour de moi. Mon petit salon est la seule pièce vivante ; les tableaux, les livres, les meubles, tout est choisi pour me faire valoir. Marc ne s'habille bien que pour soutenir l'éclat de mes robes. Dans mes deux enfants, il ne cherche que le reflet de ma... beauté, disons le mot. Tout cela, c'est mon tort ; mais c'est encore plus le sien. Après tout, je ne suis qu'une sotte. Pourquoi est-il en extase devant une sotte ?

Nous aurions pu vivre autrement ; il aurait pu vivre autrement.

16 mars.

— J'ai éprouvé le besoin de parler de toute cette question de l'ambition avec Bernard Boulanger. Il en est le spécialiste. Nul homme qui ait plus d'orgueil, qui ait été plus âprement séduit par l'idée de primer, qui ait ressenti comme une nécessité aussi immédiate et physique l'urgence de battre tous les hommes par leurs propres moyens — et pourtant il est en marge, écrivain politique sans parti, député qui méprise les portefeuilles et vivant si peu avec l'étrange Simone.

— Vous croyez que Marc a bien choisi sa voie ?

— Il ne l'a pas choisie, on ne choisit pas —, m'a-t-il répondu.

Il parle par maximes, mais il les enveloppe d'une tendre ironie. Il a l'air de s'excuser que l'expérience pèse d'un poids si décisif sur ses mots.

— Il ne m'a pas choisie ? — Ma réplique est partie avec une spontanéité qui empêchait tout juste la coquetterie.

— Non. Vous êtes tombée sur lui.

Ce mot que je cherchais et craignais m'a percée.

Tout dans la bouche de Boulanger prend la cruauté d'un débat essentiel ; car aussitôt il a ajouté :

— L'amour vaut bien l'ambition.

Je l'ai regardé avec colère.

— Vous me prenez pour une oie, je sais bien ce que veulent les hommes.

Il m'a regardée de plus belle, sans se démonter le moins du monde.

— Gisèle, je ne cherchais pas à être méchant sous le

couvert d'une banalité. Votre ménage est une réussite qui balance n'importe quelle réussite dans le monde.

Boulanger ne m'a jamais fait la cour, mais c'est pire. Il veut me rendre triste en m'entourant d'une admiration que le renoncement fait glaciale.

Pourtant il attachait son regard au mien d'une façon encore plus étroite.

— J'envie votre bonheur, Gisèle, votre bonheur à tous les deux. Vous me dites toujours que je ne m'en accommoderais pas ; cela se peut, je ne l'envie pas moins. Et c'est pourquoi mon admiration est sincère, puisqu'elle part de l'envie.

Il a dit encore :

— Les ménages heureux ont honte de leur succès, comme les ambitieux comblés méprisent les sommets d'où ils ne peuvent redescendre.

Il a fini :

— J'offre l'amertume, comme d'autres l'encens et la myrrhe.

Pourtant il a encore crié dans l'antichambre :

— Et je vous salue, pleine de grâces.

Comme nous sommes seuls, Marc et moi.

17 mars.

— J'ai reçu un radio de Marc, daté d'un endroit perdu. L'avion a eu une panne, il doit attendre un avion de secours. Il chasse, il a l'air ravi. Eh bien, voilà, c'est très bien. Je suis un peu inquiète, pourtant, comme une bourgeoise d'autrefois.

— J'ai dîné chez les Boulanger. Drôle de maison. Drôle de couple. Drôle de femme !

On ne sait d'abord s'ils habitent ensemble ou séparément. Il a l'air d'être en visite chez elle, et il a ses livres et ses papiers dans une autre maison, de la même rue il est vrai. D'ailleurs dans l'appartement de Simone, minuscule, tout est arrangé pour plaire à Bernard.

Elle est dérobée !

C'est une femme prodigieusement bien faite. Son visage seul est laid, tourmenté, avec un masque de calme lourd par-dessus. Elle est habillée avec une sorte d'affectation de pauvreté.

Pas aimable avec moi, mais camarade. Jouissant de la présence de Bernard, absorbée par sa présence et indifférente à cause de cela aux autres personnes. Et pourtant n'ayant l'air nullement intéressée par son métier, par ses journées. Quelqu'un ayant parlé politique, elle est tombée dans une distraction complète.

Lui, a parlé à Simone à un moment de la soirée comme à une maîtresse de maison dont il serait l'ami intime, mais qu'il n'aurait pas vue depuis longtemps.

Il paraît qu'il a eu deux ou trois liaisons depuis qu'il vit — si l'on peut dire — avec elle. Elle aussi. Mais elle l'aime profondément. Lui a l'air d'avoir quelque chose pour elle, de réservé, dans un coin.

Il ne doit pas avoir quarante ans. Son expression est extraordinairement jeune.

Vers la fin de la soirée je lui ai demandé :

— Pourquoi m'avez-vous dit que vous enviiez mon bonheur ? Je ne sais si vous êtes heureux avec Simone — et d'ailleurs vous ne croyez pas au bonheur, vous — mais, en tout cas, elle vous fait la seule vie qui vous convienne.

— Oui, mais je peux avoir deux ou trois vies en même temps.

Il ne m'en dit jamais plus, mais il me le dit avec une sourde brutalité.

Il me parle quelquefois de Marc, et toujours avec la même sincère affection. Pourtant il m'a connue avant lui, mais il a désiré le connaître et lui a fait une espèce de fête discrète. Marc a été séduit par lui aussi.

Je suis restée très tard chez les Boulanger et ce matin, je n'en finis pas de me lever.

Il faut que je me lève, j'ai Mathilde à déjeuner.

18 mars.

Une chose inattendue et affreuse s'est produite. Une simple conversation.

Avec Mathilde, après le déjeuner. Dès que nous avons été seules, elle m'a attaquée.

— Tu vas bientôt prendre un amant.

— Jamais.

— Orgueilleuse.

— Oui.

— Tu es la pire des infidèles, parce que tu es plus consciente qu'aucune autre.

— Oui.

— Marc souffrira de cette infidélité-là autant que d'une autre.

— Hélas ! Mais je suis égoïste, jamais je ne pourrais supporter le chagrin fou que j'aurais d'être dans les bras d'un autre.

— Cette peur te passera.

— Si tard que ce chagrin se confondra avec celui d'être presque vieille.

— Égoïsme de belle dame.

— Ah ! Mathilde, comment pourrais-je frapper lâchement dans le dos le jeune homme qu'il a été et qui désespérait les femmes qu'il quittait ?

— Attends encore un peu.

— J'ai déjà attendu assez, j'ai consumé ma flamme ; un homme sensible ne voudrait plus de moi.

— Et tu n'as que trente-trois ou trente-quatre ans... Attends.

— Trop tard.

— Mais on ne peut pas n'avoir qu'un homme dans sa vie. C'est inhumain.

— C'est aussi inhumain d'en avoir beaucoup. Tu as été bien contente de trouver ton journaliste, à un moment donné.

— Oui, mais d'abord j'avais connu les hommes. Toi, il te reste à les connaître.

— C'est comme si je les avais connus. Tu comprends, je crois que ma rencontre avec Marc a été un accident, comme il s'en produit très rarement. Il s'est trouvé que j'ai rencontré tout de suite mon journaliste à moi. Si tu avais rencontré ton journaliste, tout de suite...

— Je ne l'aurais pas reconnu.

— Mais je n'aurais pas reconnu Marc non plus, ou l'ayant aperçu, je l'aurais aussitôt après perdu de vue, s'il ne m'avait pas aidée, s'il ne s'était pas emparé de moi avec des mains si savantes, si adroites.

— Des mains d'homme qui vieillit, oui.

— Oui.

— Mais maintenant ?

— Je ne veux pas trahir le jeune homme qu'il a été. Bien assez que l'âge le trahisse. Il y a des hommes qui ne méritent pas de vieillir, des amants. Et puis, Boulanger, quoi ?

— Comment quoi ?

— Il ne m'aime pas.

— Bien sûr que non. Ce n'est pas Marc. Mais il pourrait t'aimer. Tu pourrais te faire aimer de lui. Mais ce serait difficile, et tu es paresseuse, tu as pris de mauvaises habitudes.

— Ça, oui.

— Au fond, tu as peur de lui.

— Oui.

— Tu es profondément lâche, ma chère.

— C'est ce qu'on appelle la vertu... Ah ! pourtant, qu'il ait un geste vraiment ému, vraiment émouvant, et je ne sais quelle folle je deviendrais. Mais il n'aura pas ce geste.

— Pourquoi ?

— Pas assez fou pour me rendre folle, pas assez folle pour le rendre fou. Trop vieux. On ne peut aimer deux fois, trop fatigant, trop fatiguée. La fatigue plus que la lâcheté, voilà ma vertu. Marc m'a rendue fidèle en m'épuisant.

— Tu ne lui en veux pas ?

— Je l'en remercie, il a su me prendre tout l'essentiel.

Tous ces mots jamais dits ont soudain jailli de moi, en me déchirant — comme si je ne les avais même jamais pensés.

Marc, comme l'amour est faible. Dix ans par terre en quelques mots. Dix ans qui soudain ne sont plus que du passé.

Marc, je n'oserai jamais te montrer mon visage quand tu reviendras, ce visage où l'implacable Mathilde a arraché un masque.

Un masque, et pourtant toute ma vie est dans ce masque. Sans ce masque je suis morte. Masque léger et délicat que tu avais doucement et longuement modelé sur mon visage, avec tes doigts acharnés à donner une forme à la vie. Masque plus vrai et plus vivant que mon visage.

Je t'aime, Marc. Car si je te dis que je ne t'aime plus et que seulement je t'ai aimé, je suis obligée d'ajouter que je ne puis plus en aimer un autre après toi. Je t'ai donné ma substance, à tort ou à raison.

On ne peut pas aimer deux fois, c'est trop fatigant.

Ah, je voudrais que tu ne reviennes plus jamais, puisque je pleure notre mort à tous les deux.

III

BERNARD

— Tu aimes Gisèle, ne le nie pas.

— J'ai du goût pour elle.

— C'est là ta façon d'aimer.

— Oui. Et on peut avoir du goût pour un être au point d'en souffrir. On peut déjà souffrir d'aimer trop précisément une chose, un vase, une fleur.

— Et elle ?

— Elle ? Elle a du goût pour moi, aussi.

— Pourquoi ne fermez-vous pas la porte à clef ?

— Il s'agit de ça, mais de bien autre chose.

— Diable.

— Oui, ce goût que nous avons l'un pour l'autre conduit à coup sûr à l'amour. Nous ne pouvons pas faire un pas l'un vers l'autre qui ne sera pas suivi d'autres, car nous nous sentons capables de les faire tous.

— Diable !

— Jamais nous ne ferons un pas l'un vers l'autre.

— Bon. Après tout, il y a le mari.

— En effet. Gisèle a joué sa vie sur Marc. Comme tous les êtres qui ont joué leur vie sur un être, il est arrivé un jour où elle a perdu plus que gagné. Mais la perte s'arrêtera un jour comme le gain. Elle ne peut pas se déprendre de lui au-delà d'un certain point, de même qu'elle n'a pas pu s'éprendre de lui au-delà d'un certain point. Et elle se tiendra entre ces deux points, à cette double opération où gains et pertes s'annulent dans l'accomplissement.

— Mais pourquoi ne partirait-elle pas avec un autre sur de nouveaux frais ?

— Elle est née et mourra dans le monde du pari, de l'unique amour, du mariage.

— C'est comme cela que tu définis le monde bourgeois. Mais c'est aussi le monde de l'adultère.

— Chaque monde a sa double face. Gisèle représente la face lumineuse de cette vieille pièce d'or usée et salie, l'esprit bourgeois.

— Et toi, tu trouves cela bien.

— J'appartiens à un monde ; j'en connais les avantages et les inconvénients. Ayant expérimenté mon monde, je suis capable de juger avec prudence les autres mondes, j'admets qu'ils aient un fort et un faible.

— Quel est donc cet autre monde auquel tu appartiens ?

— Le monde des sans-logis.

— Tu es un bohème. Un bohème, c'est une variété du bourgeois.

— Sans doute. C'est pourquoi je respecte d'autant mieux le monde de Gisèle.

— Réflexion faite, tu n'aimes pas Gisèle, et voilà tout. Sans cela, tu te glisserais dans son logis comme font les sans-logis.

— Peut-être. Mais je n'ai jamais provoqué un être à en trahir un autre.

— Elle ne trahirait pas Marc. Il doit bien savoir de quoi il retourne, il est assez sensible. Elle ne le tromperait pas.

— Certes. Il est averti et elle agirait à découvert. Mais là n'est pas la question. Je te dis qu'elle a joué sa vie une fois pour toutes. Si, au moment de l'aimer, elle n'avait pas dit : « Pour la vie », ils n'auraient pas eu ces dix années pleines. Loyale, elle veut payer maintenant le prix de ces dix années.

— Mais c'est de la folie, de la mystique.

— Ou bien c'est raisonnable ; atrocement raisonnable, mais raisonnable.

— Tu comprends cela, toi ?

— Moi qui change tout le temps, je comprends qu'on ait choisi de ne jamais changer, qu'on se soit refusé une fois pour toutes à la multiplicité des pentes.

— Je ne puis dire non.

— Alors Gisèle qui est encore jeune, pleine de métamorphoses possibles, se consumera en attendant la vieillesse auprès d'un homme qui ne sera plus qu'un ami et qui d'ailleurs en aura honte.

— Il ne s'agit pas de lui, mais d'elle. C'est à elle-même qu'elle veut être fidèle.

— Mensonge. Elle a seulement pitié de lui.

— Tout mon amour pour elle, c'est de ne pas croire ça. La crainte et l'horreur qu'elle pourrait avoir de ne faire que céder à la pitié, c'est toute ma chance, mon ignoble chance, dont je n'userai pas.

— Vous voulez paraître cornéliens, mais vous manquez de courage tous les deux, voilà tout. Quand vous êtes l'un près de l'autre, vous n'avez donc pas envie de vous jeter l'un sur l'autre ?

— Tu touches presque à la vérité, mais pourtant tu la manques. Nous avons déjà beaucoup aimé, chacun de notre côté. La fatigue — une fatigue morale, j'entends — nous induit à la vertu.

— Tu n'es pas curieux. D'ailleurs, dans une princesse de Clèves, il y a toujours un vilain petit secret.

— Vilain, non. Le secret de la princesse de Clèves, c'est une autre histoire, que je te raconterai un jour, si cela t'amuse. Mais pour Gisèle, il n'y a même pas de secret. Elle est comblée par Marc ; moi, je le suis par Simone ou une autre. De là notre double vertu. La clef de sa vertu ou de la mienne pourrait être, comme tu l'insinues, plutôt que courage comblé, absence de courage. Mais c'est courage comblé. Ce n'en est pas moins de la vertu.

— Mais Marc va partir en voyage : elle va se trouver privée. Alors ? Envoie donc aussi Simone en voyage et tu verras.

— Mais pourquoi cela ? Pourquoi vouloir créer une situation artificielle ? Celle où nous sommes ne l'est pas. C'est un ensemble de faits qui se fait respecter. Gisèle et moi nous avons de la vie autant qu'on en peut avoir — elle avec Marc, moi avec Simone. Ce dont nous souffrons, c'est d'un excès de désir : ayant beaucoup, nous sommes tentés d'avoir tout. Mais c'est là rêverie excentrique de nos esprits et non besoin urgent.

— Mais elle a assez de Marc, et toi assez de Simone.

— Eh bien, j'admets avec toi de renverser le problème. Donc, Gisèle et moi, nous glissons l'un à l'autre. Mais nous continuerons de penser aux deux autres. Je n'aurai jamais qu'une moitié de Gisèle et elle une moitié de moi, quelle que soit cette moitié.

— Divorcez, vous oublierez les deux autres, vous expulserez bientôt ce résidu qu'ils laissent en vous. Un résidu, ce n'est ni beau, ni bon.

— On ne peut pas oublier ce qui a duré si longtemps et qui a vécu si fort. Une longue liaison établit quelque chose d'indestructible, une force fixe et rayonnante qui ravage le passé et l'avenir, une force de fatalité. C'est ce que l'Église figure dans l'idée du sacrement. Les transgressions sont vaines et amères. Il est entendu que je parle ici des êtres sensibles. A quoi bon. Gisèle est perdue pour le monde. Une amante de dix ans... Tiens, imagine que Marc meure demain là-bas en Afrique où il va aller... Eh bien, Gisèle veuve et vacante et offerte par le temps à l'adultère, ce serait comme une nonne jetée hors de son couvent et qui ne peut plus apprendre les gestes du siècle. Simone comprend tout cela, et n'est pas jalouse, la garce.

— Nous verrons bien.

— Oh ! bien sûr, on peut tout voir. Le temps passe et l'on voit toutes les faiblesses qu'il engendre.

— Tu oublies le printemps que ramène le temps.

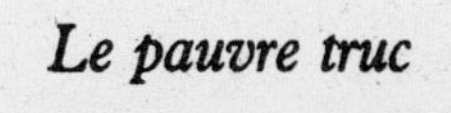

Le pauvre truc

Quand je voyais ensemble le gros Robert Fournier et Maud Galland, je me demandais toujours quel était leur secret.

Car, enfin, il y avait dans l'entente de ce couple quelque chose d'anormal. On n'était certes pas étonné de voir dans Maud une femme entretenue et dans Fournier un entreteneur, car tout le monde est dans un rapport d'argent. Il faut bien que l'argent circule et se distribue. Celui qui en a le donne à celui qui n'en a pas. Et, naturellement, une femme belle a plus d'argent qu'une femme laide. Mais ni Maud ni Fournier n'étaient des gens vulgaires. On n'imaginait pas qu'aucun des deux s'accommodât triomphalement de la simplicité de ce rapport comme font la plupart. Fournier était un homme fin, le dernier des grands marchands de tableaux, et Maud une femme aussi bonne que fière, à en juger par sa conversation.

Or, Fournier était tellement laid qu'on ne pouvait se représenter leur accouplement que comme une chose horrible. Comment imaginer sans dégoût ce gros corps poussif, cette bouche torse sur une chair aussi délicate, aussi fraîche en dépit de trente-cinq ans bien sonnés ?

J'allais assez souvent chez Maud Galland, qui recevait des gens peu nombreux, assez bien choisis. Elle avait l'air heureux, libre, digne. Avait-elle donc un amant secret qui la consolait outre mesure ? Comment, néanmoins, n'en voulait-elle pas à Fournier ? Elle lui parlait avec une gentillesse qui n'était pas feinte, j'en aurais mis ma main au feu. Et lui, répondait sur le ton d'un homme qui n'est ni un majestueux inconscient ni un cynique de la complaisance.

Et pourtant... Pourtant la gentillesse de Maud n'appuyait pas. Et pour lui, il y avait une nuance de respect un peu trop calculé dans la discrétion de ses entrées chez elle.

Je me demandai, une fois de plus, ce soir-là, ce qui pouvait servir de tare pour égaliser ces deux poids. Je m'y intéressais parce que je sentais cet équilibre vivant, obtenu sur la vie non sans difficulté ; je devinais les deux partenaires frémissants, bien que ni l'un ni l'autre ne laissât échapper aucun geste qui pût me paraître un indice. Tout d'un coup, las d'interroger les uns et les autres — qui me répondaient toujours à peu près la même chose : « Mais elle l'aime beaucoup ! C'est une femme qui est devenue très tranquille... » — je me décidai à donner de ma personne, à tenter une expérience. « Je vais lui faire un peu la cour, me dis-je. Je sais que je ne lui plais pas ; la première fois que je l'ai vue, j'ai compris tout de suite que je n'aurais jamais aucun pouvoir sur elle. Mais, enfin, sa manière de réagir me fournira peut-être un renseignement. Et puis, lui, je verrai aussi comment il prend ma tentative. »

Aussitôt dit, aussitôt fait. Je m'approchai de Maud, qui causait avec P..., le peintre, et qui riait de toutes ses belles dents. Maud est une femme blanche, rose, blonde, qui respire une sensualité heureuse. Ce n'était pas difficile, hélas ! de feindre d'être épris d'elle. Naturellement, elle vit tout de suite mon changement d'attitude. Mes yeux, les imbéciles, avaient parlé avant que je n'eusse trouvé les mots qui me paraissaient convenables.

— Quelle mouche vous pique ? me demanda-t-elle tranquillement, après m'avoir laissé courir un bout de temps.

— Je vous dis ce soir ce que j'avais envie de vous dire la première fois, sur cette péniche où l'on m'a présenté à vous.

— Mais c'est du réchauffé.

— Qui sait ?

Cependant, comme elle avait l'air de s'amuser, je regardai du coin de l'œil Fournier. Il me surveillait, certes, mais sans émoi apparent.

— Enfin, quelle mouche vous pique ? reprit-elle.

Son sourire avait déjà rendu impossible et ridicule mon simulacre. Il ne me restait qu'à être franc :

— Je ne vous plais pas ; mais, si je vous plaisais, est-ce que je serais encore privé de vous ?

— Ah ! vous êtes comme tout le monde : vous voulez savoir si j'aime Fournier.

— Bien sûr.

— Eh bien, je ne vous répondrai pas, me dit-elle sur un ton brusquement plus vif et en me jetant un regard où il y avait un peu de reproche et un peu de mépris.

— Toutes conversations, toutes relations deviennent impossibles, vous le savez bien, si nous ne nous intéressons pas un peu au secret des autres.

— Oui, mais je suis décidée à tricher.

— Bon, je suis repoussé sans fracas, mais avec perte.

Nous nous tournâmes le dos. Je me rapprochai de Fournier. J'étais en veine de sincérité, tout d'un coup :

— Mon cher Fournier, cinq ans de loyauté sont oubliés en un instant. Voilà que ce soir j'essaie de débaucher Maud.

— Je vois, me répondit-il en me fixant.

Je trouvai dans ce regard comme une parenté avec le regard de Maud. Je me sentis plus près de leur secret ; mais alors je m'impatientai.

Maud, me voyant avec Fournier, revint vers moi. Elle dit, avec un bon rire, sans arrière-pensée :

— En voilà un qui a fait son devoir. Enfin, il m'a fait sa petite déclaration. Son suffrage me manquait.

— Oui, dis-je en riant jaune, nous sommes tous les trois très contents.

Eh bien ! figurez-vous que deux mois plus tard, Fournier me téléphona à mon bureau. Un jour, vers six heures :

— Vous n'êtes pas libre, ce soir ? Dînons chez moi tous les deux.

J'avais un engagement sans intérêt ; un espoir subit me prit, et je répondis sans vergogne :

— Je me rends libre.

Donc, nous dînâmes seuls chez lui. Cet homme laid est entouré des plus beaux objets et il ne les aime pas en brocanteur. Nous parlâmes de choses et d'autres. Il semblait assez distrait, assez soucieux, assez triste.

Soudain, il releva la tête et me dit avec un sourire amer :

— Vous vouliez savoir de quoi il retourne entre Maud et moi. Eh bien, ce soir, je vais vous le dire. Je n'en ai jamais rien dit à personne, mais je suis las de porter mon mal. Tant pis si vous êtes un bavard.

— Méfiez-vous, Fournier, vous regretterez d'avoir parlé. Vous me détesterez, ce que je ne souhaite pas.

Il écarta de la main ces mots bénisseurs.

— Je n'ai jamais couché avec Maud. Je suis un type propre, moi. Je sais à quel point je suis laid et comme ma laideur augmente auprès de cette femme si belle, n'est-ce pas ? J'ai mis mon abstinence comme condition à notre entente. J'ai une autre maîtresse. Une seule autre maîtresse ; je ne suis pas coureur : trop sensuel. Je vois beaucoup cette fille, qui est, d'ailleurs, dans son genre, aussi belle que Maud, peut-être plus belle, plus jeune. Je m'arrange toujours pour être fourbu quand je viens chez Maud. De cette façon, j'ai toujours su me tenir : jamais un geste ne m'a échappé.

Il s'arrêta brusquement et se leva de table où nous étions encore assis :

— Venez dans la bibliothèque, me dit-il.

Je crus qu'il regrettait son brusque aveu et qu'il ne dirait plus rien. Avec quel feu d'orgueil il avait parlé ! Soudain ce gros homme mou avait montré une espèce de stature virile.

Mais il m'offrit un de ses excellents cigares et reprit :

— Eh bien ! posez-moi des questions, voyons.

— Peut-être en avez-vous assez dit, Fournier.

— Allons, mon cher, dit-il en riant violemment, votre figure remue. Ce que je vous ai dit demande plus d'une explication.

J'appréciai son ironie.

— Certes. Le point principal, c'est : comment Maud a-t-elle pu accepter un marché aussi humiliant pour elle ?

Il jubila :

— Oui, évidemment, c'est le point délicat.

Il marchait de long en large parmi ses livres, la narine heureuse.

— Je lui ai dit que j'étais vieilli, usé... enfin, je ne me suis pas épargné.

— L'a-t-elle cru ?

— J'ai toujours soigneusement caché l'autre femme.

— Oui, mais enfin ! Vous n'avez que quarante ans et quelque. La santé est la chose du monde la plus difficile à dissimuler.

— Eh bien ! non, me déclara-t-il avec un plaisir traversé par une pensée amère, actuelle, elle ne m'a pas cru.

— Malin, ne pus-je m'empêcher d'ironiser, vous l'avez rendue jalouse.

— Pas tout de suite. Pendant un an, tout a très bien marché. Je jouais serré. Mais, peu à peu, elle s'est énervée.

— Et alors ?

— Elle m'a tendu des pièges, elle m'a fait la cour.

Il rit de toutes ses dents gâtées.

— Elle m'a presque désiré, conclut-il.

Et ses yeux cherchaient dans mes yeux le dégoût.

Pour fuir son regard, je dis quelque chose — et, naturellement, ce fut méchant. Il voulait que ce le fût.

— Dites-moi, pendant tout ce temps, est-ce qu'elle vous trompait ?

Ce fut pour lui l'occasion d'un nouveau triomphe :

— Bien sûr ! Mais quand je l'ai connue, elle avait été quittée par John Erwin. Et elle n'avait pas trouvé à le remplacer par quelque chose de bien.

— Enfin, jusqu'où les choses en sont-elles venues ?

— Elle a voulu me quitter, me dit-il.

Maintenant, il ne triomphait plus. Ce n'avait été qu'une bouffée de souvenirs. Visiblement, il éprouvait quelque chose, ces temps-ci, qui réagissait sur les beaux moments de sa mémoire, en les ternissant.

— Racontez-moi cela, dis-je d'une voix paterne, à moitié par curiosité, à moitié pour le distraire de ses pensées actuelles.

— Oui, un soir, après une petite soirée chez elle, comme après les autres, je prenais congé ; elle m'a retenu. Elle était bien jolie, et troublée... moralement troublée. (Il ne blaguait plus ; sa face grasse était toute jaune.) Elle m'a dit que je l'humiliais, que j'étais un monstre, qu'elle se faisait horreur d'être entrée dans un pareil marché, qu'elle savait bien que j'étais un homme normal. Puis, après un silence, elle me porta un coup brusque : « Je sais que vous avez une autre maîtresse ! », me jeta-t-elle. Mais je me raidis et je ne bronchai pas. Je vis bientôt qu'elle ne savait rien et que son instinct seul l'avait portée près de la vérité. Elle ne faisait que répéter le même grief vague : « Vous m'humiliez. »

« J'eus un moment d'hésitation. Elle m'avait tendu un véritable piège, mais plus profond qu'elle ne pensait. Car, tout à coup, elle me faisait voir toute l'arrière-pensée ignoble qui était, en fait, derrière ma générosité. Certes, je ne suis pas un imbécile, je ne crois pas qu'il y ait de sentiments nobles comme on en voit au théâtre. Je savais donc que j'avais agi par passion, par passion de la beauté et par amour pour elle — mais aussi qu'il y avait une rancune anticipée dans l'élan avec lequel je m'étais jeté dans cette aventure. Et cette rancune ne me semblait diminuer en rien la force légitime de ma passion ; c'était l'inévitable contrepartie. Mais enfin, la réalité vous surprend toujours. Pendant un long moment, je flanchai devant cet ignominieux arrière-plan qui brutalement s'avançait, devenait gros plan... »

Je regardai Fournier qui marchait régulièrement parmi ses livres, en consumant lentement son cigare, et qui ne s'occupait plus trop de moi. Fanfaron, mais d'abord sincère.

— Je fus donc sur le point, continua-t-il, de tout lui avouer. Ainsi, sans même beaucoup manœuvrer, par le moindre mouvement de son instinct, elle allait m'amener à l'aveu. En un instant, j'allais perdre la misérable position que j'avais su acquérir auprès de cette femme...

Il s'arrêta brusquement au milieu de la pièce et se tourna vers moi. La cendre tomba de son cigare soudain négligé et s'étala largement sur son ventre :

— Vous croyez, n'est-ce pas, que je n'espérais rien de plus ?

— Vous m'en demandez trop.

Il eut l'air très déçu sur mon compte, mais après un silence reprit pourtant :

— Ce qui me sauva, ce fut qu'elle me déclara avec une véritable fermeté qu'elle allait me quitter. Je ne croyais pas, au fond, qu'elle le ferait, mais elle me fit assez peur pour me redonner le goût du grand jeu. Je fus aussitôt décidé à ne rien dire. Puisqu'elle se croyait capable de jeter mon argent, la tranquillité de son avenir, par-dessus bord, il y avait en elle une certaine grandeur. Elle méritait donc que je continue de veiller sur son bonheur.

« Et puis, soudain, je vis dans quelle misère nous

allions tomber si je lui avouais tout. Imaginez que je lui aie dit tout à coup : “ Je t’aimais, mais j’avais peur de ton dégoût. Maintenant, peut-être, je ne te dégoûte plus. Je suis à toi. ” Vous me voyez, moi, avec ce ventre, avec cette bouche, accordant mes faveurs à elle, à cette Maud si blanche ?... »

Si blanche, en effet.

Il se pencha aussitôt sur moi pour surprendre dans mes yeux le désir qui passait. Il ricana, puis acheva :

— Je me serais approché d’elle, je l’aurais prise dans mes bras. *Elle aurait fermé les yeux*... Quelle horreur !

Il se tut, tomba dans un fauteuil, mâchant son cigare. Au bout d’un moment, je demandai :

— Comment vous en êtes-vous tiré ?

— Je me suis assis dans un fauteuil, comme ça, j’ai pris un air accablé — c’était plus difficile que vous ne pourriez le croire, car, à ce moment, en dépit de l’autre garce que j’avais vue dans la journée, je désirais Maud violemment — et je lui ai dit : « Maud, je n’ai que vous sur la terre. *Vous voir* est mon seul plaisir. Ne me le retirez pas. » Elle était déjà au bout de sa jalousie. Lasse, elle m’a dit : « Bien, mon ami. » Et cela a été fini.

Il frottait doucement ses mains, au-dessus de son cigare ; les paupières lasses. Au bout d’un moment, j’enchaînai :

— Vous voulez dire que tout est rentré dans l’ordre d’avant.

— Oui.

Il nous restait à parler du présent. Et, sans doute, ne m’avait-il parlé du passé, où il n’avait pas savouré longtemps des consolations rétrospectives, que pour en venir au présent, ce présent qui semblait le tourmenter si fort.

Je n'osai l'interroger.

— Vous voulez savoir la suite, me dit-il enfin. Eh bien, voilà : Maud vient de trouver un amant, un homme très bien qu'elle aime.

Je hochai la tête.

— Comme il est pauvre, elle n'a pas l'intention de me quitter. Et, sans doute, s'il était riche, elle aurait, avant de me quitter, quelque scrupule à vaincre. Et puis, elle est assez mûre pour être friande d'indépendance ; elle veut me garder comme un garde-fou.

Je continuai à hocher la tête.

— Je souffre, voilà tout, comme je n'avais pas souffert jusqu'ici. J'avais inventé une diversion pour ne pas souffrir comme je souffre maintenant. Je souffre aujourd'hui comme si j'avais couché avec elle pendant tout ce temps.

« Elle, elle est heureuse : elle a tout ce qu'il lui faut. Dans sa liaison avec moi, elle a tous les avantages sans les inconvénients. Ma présence l'assure contre le péril de vivre trop avec l'homme qu'elle aime. Elle peut se venger sur moi — oh ! elle le fait très gentiment ! — de l'infériorité où elle est avec lui, car elle l'aime plus qu'il ne l'aime.

« Elle n'a plus aucune inquiétude à mon égard. Elle ne doute plus que mes sens ne soient endormis à jamais. »

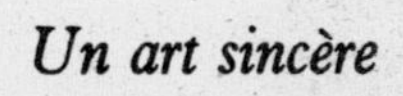

Un art sincère

La première fois que je vis Huguette, c'était chez Monique Horn, qui, depuis, est devenue Monique Duchamp. Monique était alors mariée dans la banque la plus sublime ; elle me recevait toujours dans la bibliothèque de son mari, qui renfermait dans le vieil acajou une collection célèbre de tous les philosophes mystiques ; elle-même était la fille d'un philosophe mystique. Elle était déjà pleine de feux, mais ces feux alors se cachaient sous une modestie ironique, et, pour une raison ou pour une autre, je ne songeais pas à les découvrir. En tout cas, je suis bien étonné maintenant de la retrouver dans la bibliothèque de Duchamp, qui est bourrée d'économie politique. Pourquoi, étonné ? Entre les deux bibliothèques, par combien de folies est passée Monique ? Mais il ne s'agit pas d'elle.

En arrivant chez Monique ce soir-là, j'y trouvai Huguette déjà installée. Monique me présenta à Huguette avec une pointe de curiosité jalouse. N'allais-je pas me montrer plus entreprenant avec son amie qu'avec elle ? Curiosité jalouse et aussi curiosité maligne, car elle savait à qui j'allais avoir affaire.

J'étais alors très jeune, et bien qu'ayant déjà pas mal vécu, je nourrissais encore toutes sortes de rêves enfantins qui me semblaient se manifester en chair et en os à tous les tournants. Quelques-uns de ces rêves ne manquèrent pas de se jeter sur cette Huguette : « Voici la jeune femme heureuse, amoureuse de son mari. »

Monique m'avait dit qu'il y avait un an qu'Huguette était mariée. J'imaginai son bonheur au voile dont elle me semblait enveloppée. Son voile de mariée, un sentiment délicat et indéchirable la séparait du monde. Elle me regardait de temps à autre, avec deux yeux gris qui ne se dérobaient pas, qui n'étaient pas absents non plus, mais qui se posaient un instant sur moi pour y vérifier tranquillement quelque chose. « Bien, me disais-je, elle constate une fois de plus qu'il n'y a que lui. Elle me compare à son mari, elle nous compare tous à son mari ; et, chaque fois, cette comparaison la rejette plus sûre et plus exaltée vers lui. C'est parfait. »

L'ordre régnait, orné enfin de tous les charmes de la passion ; je m'en consolais par les gants que je me donnais de n'y pas vouloir toucher. Et vraiment, ces rencontres imaginaires me transportaient d'aise. Elles me confirmaient dans l'idée puérile que j'avais du bonheur conjugal. Parce que je passais ma vie avec des femmes adultères, je nourrissais ce rêve contre elles. Je voulais croire que toutes les femmes n'étaient pas comme mes amies, qu'il y en avait d'heureuses qui n'avaient pas besoin de moi. Car je leur en voulais d'avoir besoin de moi ; je les en méprisais. C'est que je me méprisais moi-même de n'avoir pas su choisir l'une d'entre elles, encore jeune fille, que j'aurais assez bien aimée pour lui épargner ces compensations sans lendemain.

J'osai à peine regarder cette jeune Mme Chalin. Un

regard trop appuyé n'aurait pu lui faire injure, certes, mais alors aurait été suprêmement ridicule.

J'admirai que si jolie, elle s'habillât si simplement. Elle était simple, presque austère — toujours le voile. A peine fardée, un tailleur net. Un peu trop masculin... je n'aime pas les tailleurs, les femmes pour moi ne sont jamais assez féminines : je ne suis pas tombé sur la bonne époque.

Elle raconta tout le temps le voyage qu'elle avait fait le mois précédent. Nous étions en octobre et par les fenêtres de la bibliothèque on voyait jaunir les beaux arbres d'un jardin caché au fond de la rue de Verneuil. Ce voyage avait été un enlèvement ; son mari, échappé de son travail, elle l'avait eu pour elle toute seule. Elle ne parlait que de lui, elle rapportait tout à lui. C'était ses impressions à lui qu'elle contait, qu'elle commentait, dont elle se réjouissait ; le plaisir qu'il avait eu formait tout son souvenir.

Monique et moi, nous avions été aussi dans cette île de Chypre. Aussi la conversation s'attardait. Tout d'un coup, elle sursauta.

— Il faut que je téléphone à Jean.

Jean était le mari.

En même temps, elle me regarda. Un regard rapide, direct, où certes il n'y avait pas la moindre arrière-pensée, ni la moindre coquetterie ; mais un regard qui, pourtant, me surprit et manqua, une seconde, me faire réfléchir. Car ce regard signifiait soudain qu'elle avait su tout le temps que je l'avais observée, et que mon observation la serrait de près, et qu'en agissant devant moi, elle se mettait à l'épreuve.

— Mon chéri, c'est toi ? Je te téléphone parce que je suis encore chez Monique et que j'ai peur d'être en retard. Tu rentres tout de suite, en sortant de ton bureau ?... Oh ! oui, hein ? Alors je pars tout de suite, je serai encore là avant toi... Si, tout de suite... Mais non, tu sais bien. A tout de suite, chéri.

Il y avait là quelque chose d'excessif, une sorte d'exhibition qui me mettait sur la voie du doute. Mais pourtant ce n'était que mécaniquement, par habitude du doute contracté auprès de mes amies — les femmes adultères — que je scrutais Huguette. Monique aussi, si alors elle m'avait souri avec ironie, ne l'aurait fait que par manie. Elle et moi — elle, la femme mariée, mécontente, déjà pleine des secrets amers ; moi, le célibataire détracteur des femmes adultères — nous étions pris et nous rêvions.

Cependant Huguette s'était levée. Elle me tendit la main tandis que son corps allait déjà vers la porte. Pourtant cette main supporta ma bouche, et ce fut une seconde trop tard qu'elle se déroba. J'eus un nouveau soupçon. Mais si je suis fat autant qu'aucun homme, ce n'est jamais avant, ce n'est jamais qu'après avoir plu, et pour un instant. Aussi je revins encore une fois à mon effacement admiratif dans lequel me confirma son rire lointain et distrait dans l'antichambre, tandis que Monique disait :

— Encore un qui peut attendre avant de repasser.

Quand Monique rentra, je me jetai sur elle :

— Quelle merveille ! Comme elle est amoureuse ! Est-ce qu'il le mérite au moins ? Oui, il le mérite sûrement ; c'est au moins un brave type et qui fait bien l'amour. Vous voyez comme sont les femmes. Elles sont faites pour le bonheur, et rien d'autre. Il n'y en a pas une qui ne soit prête à donner toute sa vie à qui pourrait la tenir, comme celui-là tient celle-là.

J'en dis bien d'autres.

Monique abonda dans mon sens.

Nous avons ri depuis de cette soirée où nous nous voulions désarmés ; nous en avons ri amèrement.

Un jour, quelques années plus tard, vers trois heures de l'après-midi, je traversais le parc Monceau. Après avoir déjeuné chez des amis, je rentrais en hâte chez moi où m'attendait ma maîtresse (j'aime ce mot ancien). Il faisait froid et j'étais pressé.

Une femme venait en sens inverse, le nez baissé dans sa fourrure, fonçant dans la bourrasque. Assez loin encore, elle leva la tête et me regarda. Elle me regarda nettement. J'étais dans le vague : surpris, je mis du temps à accommoder mon attention et quand je la regardai bien, il était trop tard, elle me croisait déjà.

Je me retournai, elle aussi. Elle eut un rire bref : brr... ces dents blanches. Qui est-ce ? Elle me connaît. Moi, je ne la remets pas du tout, en tout cas. Je me retournai encore deux ou trois fois. Mais elle filait.

Quelles jolies jambes, en tout cas. Mais ma maîtresse en avait de plus jolies encore. Je rentrai chez moi : elle était là.

C'était la femme que j'ai le plus aimée. Elle venait tous les jours chez moi, de trois à six heures. Cela me gênait énormément dans mon travail, mais je ne songeais pas alors à travailler. Ou plutôt je ne faisais qu'y songer, mais ce songe était tellement vague et intermittent, à côté de ce songe si réel, si cruel, si magnifique qui remplissait mes après-midi.

Ce jour-là, elle partit comme d'habitude vers six

heures, pour aller faire figure dans quelque carnaval. J'allais me mettre à ma table, quand le téléphone sonna.

Une voix de femme nette, gaie, avec pourtant une pointe à peine perceptible de gêne ou d'émoi, se fit entendre.

— C'est vous qui traversiez le parc Monceau, cet après-midi ?

Je repensai à la femme rencontrée.

— Vous étiez pressé. *Elle* vous attendait.

— Qui êtes-vous ?

— Voilà.

Une conversation s'engagea à cache-cache. Elle savait tout sur moi, et elle ne voulait pas que je sache quoi que ce soit sur elle. Je lui tendais des pièges : elle n'y tombait pas ; elle brouillait bien les pistes et je ne pouvais savoir dans quel milieu elle puisait ses informations. D'ailleurs, je m'aperçus qu'elle ne savait rien probablement de particulier sur mon amour, le seul point qui m'inquiétât. Car cette histoire était assez secrète et devait le rester.

— Où voulez-vous en venir ?

— Nulle part.

Tout d'un coup je devins grossier.

— Vous voulez coucher avec moi ?

— Absolument pas.

— Alors je ne comprends pas.

— Il n'y a rien à comprendre. Je ne suis pas une femme qui cherche : je suis heureuse, très heureuse. J'adore mon amant. Et vous, vous adorez votre amie.

— Ça, c'est vrai.

C'était vrai ; et si je jouais, c'était tout machinalement. Elle devait s'en apercevoir.

— Au revoir.

Elle raccrocha brusquement.

Le moment d'après, j'étais revenu à mon bel enfer. J'essayai vainement de travailler, et je suivis d'une pensée jalouse cette Muriel qui tout à l'heure était là, sur ce divan, et maintenant errait de cocktail en cocktail, rejoignait son mari chez elle, s'habillait, ressortait avec lui, etc. J'ai toujours craint les maris plus que les autres rivaux, et bien plus qu'ils n'ont pu me craindre.

Le lendemain, tandis que je décrochais l'appareil à la première sonnerie matinale, j'espérais ardemment que c'était elle, mais c'était la mystérieuse passante du parc Monceau. Sa voix si nette pourtant ne semblait pas faite pour porter le mystère.

J'étais un peu agacé, malgré ma réelle indifférence, par le fait que je ne l'avais vraiment pas vue dans le parc, alors que j'aurais pu la voir et sans doute si facilement la reconnaître — ce qui aurait empêché ses simagrées. J'étais encore bien jeune, et je me flattais de n'oublier aucun visage.

Elle paraissait aussi indifférente que moi et vraiment pas désireuse de sortir de son incognito. Cela dura deux ou trois jours : je ne raccrochais pas parce que son dialogue était gai. Et aussi, pour une autre raison. J'étais violemment épris de Muriel, et mon amour me faisait souffrir. Je craignais obscurément de lui montrer comme je tenais à elle et comme j'étais à sa merci. Aussi je me disais parfois que je devais songer à me ménager des armes. Cette petite, qui avait de jolies jambes, pourquoi ne pas l'avoir sous la main, pour essayer de faire souffrir l'autre et rétablir l'équilibre ?

Cette idée passait bien fugitivement dans ma tête

pendant ces coups de téléphone, mais enfin j'y retrouvais une sorte de force. Quand l'après-midi Muriel arrivait, j'étais un peu plus fier et un peu plus aimé.

Et d'ailleurs, je mis mon dessein à exécution, plus tôt et plus brutalement que, certes, je n'aurais voulu.

Quatre jours après la rencontre du parc Monceau, je dînais chez mes plus vieux amis. Il y avait là Muriel et son mari, et un ami de la maison, Gilbert, qui était assez mon camarade.

Le mari avait l'œil sur moi depuis quelque temps. Si désireux que je fusse de voir divorcer Muriel, je ne voulais rien faire qui la brusquât. Or voilà qu'au milieu du dîner, le maître de la maison fait une gaffe : il raconte une partie de golf et laisse voir dans son récit que Muriel n'y était pas, alors qu'elle aurait dû y être. La maîtresse de maison vole à mon secours, mais avec quelque retard. Un ange passe avec de grandes ailes de basse-cour.

J'éprouve le besoin de réagir et de raconter quelque histoire. Or, une s'offre à moi qui fera d'autant meilleur effet qu'elle prouvera que je suis en flirt avec une autre femme que Muriel, et que je ne crains pas de l'étaler devant elle.

Je raconte mon histoire du parc Monceau. Je pars à fond de train, j'entre dans des détails, je prends à témoin le mari de Muriel, je le force à rire, je jette des regards de défi à Muriel, je m'ébroue, je fais feu des quatre pieds, j'en remets, je crois triompher.

Ah ! oui, des quatre pieds... j'avais bien quatre pieds. Au bout de la table, Gilbert soudain m'interrompt d'une voix blanche :

— Comment ? Qu'est-ce que tu dis ? Tu dis qu'elle sait tout ce que tu fais ?

— Oui.

J'entrevois un nouveau danger. Mais ce danger me paraît sûrement moins grave que celui que je viens de courir — faire surprendre Muriel bêtement par son mari — et, espérant la diversion définitive, je m'y jette.

— Oui, aujourd'hui par exemple, quand elle m'a téléphoné ce matin, elle savait que nous allions ce soir au Casino de Paris... Ou plutôt non, elle savait que je sortais ce soir avec vous, mais elle ne savait pas où...

Le camarade devient blême et sort un pneu de sa poche. Il lit un passage impulsivement : « Puisque vous allez ce soir au Casino, j'ai dit à mon mari que nous n'irions pas. Cela m'énerve trop de te voir avec tes amis... »

Je fronçai les sourcils : j'aurais pu vraiment deviner plus tôt le mystère du parc Monceau. Ne savais-je pas que Gilbert avait une maîtresse dont on m'avait dit qu'elle avait des jambes si fines ?

Je relevai les yeux sur Muriel : elle se retenait de pleurer. Doux Seigneur, elle m'aime... Je fus d'une gaieté folle, ce soir-là.

Plusieurs mois passèrent. Muriel me quitta, ma vie en demeura fêlée. Un soir, je dînais avec un vieux camarade qui venait lui-même d'être plaqué. Nous étions lugubres. Il m'accablait de ses plaintes.

— Aucune femme ne m'aime. Tiens, en ce moment, je fais la cour à une petite qui devrait m'écouter, elle est malheureuse, abandonnée. Eh bien ! non...

Grognant de vagues condoléances, je lui proposai d'aller au cinéma.

— Non, allons chez elle. Elle est couchée, malade.

Au moins nous la distrairons. Soyons charitables, faute de mieux.

En route, il me dit un nom. « Elle est divorcée d'un certain Chalin. »

Soudain je revis la scène de la bibliothèque chez Monique Horn.

— Comment ? Elle est divorcée ? m'écriai-je, confondu.

Mais, à ce moment, cet ami et moi, nous nous occupions ensemble d'une affaire. Je ne sais par quel coq-à-l'âne, il revint à ses propos d'avant le dîner sur cette affaire, et ne m'en dit pas plus sur Huguette Chalin.

Nous entrâmes chez elle et au bout d'un instant, elle nous reçut dans sa chambre.

Et alors soudain, je me rattrapai ; je reconnus en même temps que la lointaine Huguette, le visage fin, les dents blanches de la passante du parc Monceau et la voix de cette passante.

— Comment, c'était vous ?

Mon ami se retourna sur moi, navré.

— Comment ? Tu la connais ?

Je vis son inquiétude. Mes regrets de Muriel aidant, je résolus, puisque je n'avais nulle envie d'en profiter, de rendre inutile, par une attitude impeccable dès l'abord, la coquetterie d'Huguette.

Car Huguette maintenant était coquette ; et même, voyant clairement dès lors comment elle l'était, je me disais qu'elle avait toujours été ainsi. Elle me regardait, certes, mais c'était toujours un regard où il y avait une image. Ce qui me ramenait à mes vieilles imaginations. Je supposais toujours que cette image était celle de son mari inconnu : sans doute, l'avait-il négligée, le fou.

Ce n'était que pour cela qu'elle avait pris un amant, ce Gilbert. Comme elle devait regretter ce mari à qui elle téléphonait chez Monique.

Mais maintenant il fallait bien que je visse que ce regard chargé de nostalgie pour un inconnu, c'était le moyen même de la coquetterie d'Huguette. Elle affolait les présents par sa rêverie sur les absents.

Toujours ce visage fin, un peu sec et dur, mais soudain illuminé par une blancheur incroyable. Ce sourire trop délicieux était un aveu au milieu de ce visage fermé, sous ses yeux remplis ailleurs. Et la chemise, comme son tailleur autrefois, était trop simple.

Certes, cette coquetterie n'avait pas été préparée pour moi, mais pour mon ami ; pourtant, elle éclatait aussi pour moi.

Ne voulant pas paraître son complice, mais voyant que l'autre, jaloux, me prenait déjà pour tel, je me levai brusquement et partis. Je prétendis même être furieux en rentrant chez moi.

Une heure après, un coup de téléphone.

— Vous êtes rentré. Couché ?

C'était sa voix nette.

— Oui. Quoi ?

— Je voulais savoir... Bonsoir.

Un quart d'heure après, elle était là.

— Je m'ennuyais avec votre ami. Alors j'ai bu. Je suis grise, je ne sais pas ce que je fais.

Nullement grise, elle se jeta en travers de mon lit.

Dans le cours de la nuit, j'appris beaucoup de choses. Elle n'avait jamais aimé son mari.

— Mais alors, quand vous lui téléphoniez ?

— Je croyais...

Elle jouait son rêve. A peine avait-elle rencontré Gilbert, à Biarritz, qu'elle était tombée dans ses bras. Elle l'avait violemment préféré, elle avait quitté son mari — et la fortune de son mari. Elle vivait de ses bijoux pour le moment ; elle allait être sans un sou. Or, depuis quelques semaines, Gilbert la délaissait et courait après une femme aussi jolie qu'elle et riche en plus. Elle ne récriminait nullement contre son amant, elle continuait de l'aimer.

Sur ce point, je ne doutais pas, je ne posais pas de questions. Je savais comment certaines femmes sont fidèles ; elles le sont comme certains hommes. Les passades n'improuvent pas la fidélité ; bien au contraire, elles la font ressortir, au détriment du complice. Huguette n'était pas insensible à mes caresses, mais elle continuait à rêver à propos des miennes à celles de l'autre.

Aussi lascive qu'elle était coquette, elle se conduisait avec moi comme avec son mari : obstinément attachée à une image — qu'autrefois elle attendait, que maintenant elle regrettait. J'avais d'abord été fort déçu de ce qu'elle m'avait dit sur son mari. Mais au bout d'un moment, sentant comme dans son fond elle se dérobait à moi, je reportai mon besoin de prêter beaucoup au rival sur Gilbert. Nous passâmes presque tout le reste de la nuit à parler de lui.

Elle s'exaltait sur l'idée qu'elle lui pardonnait tout, qu'elle était toujours prête à le recevoir quand il voulait bien encore revenir vers elle, de temps en temps. Elle voyait la preuve de son grand amour dans le fait qu'il n'était pas payé de retour.

Le lendemain, j'arrêtai les frais : je ne lui téléphonai pas, comme je devais le faire. Elle ne me téléphona pas.

Des mois encore passèrent. Un jour, dans le Tyrol, je l'aperçus au détour d'une pente. Elle passa mince, râblée, élastique : elle me reconnut, mais cela n'ajouta rien au sourire qui l'illuminait. Elle s'arrêta, elle se retourna et appela : un jeune homme arrivait sur elle, charmant. Ils filèrent.

Quelques jours après il était mort, et elle sanglotait à côté de son cadavre dans cette chambre d'hôtel où j'entrai, ne sachant pas que c'était elle que j'allais trouver auprès de la victime inconnue d'un « stupide accident ».

La voyant seule, je la dérangeai pour qu'elle me reconnût et eût quelqu'un sous la main. Elle se leva tout d'une pièce et me regarda avec horreur.

— Il n'était pas comme vous, comme Gilbert.

Pendant la nuit, elle m'expliqua comme il était jeune, pur. Auprès de lui, elle avait tout oublié, elle s'était retrouvée telle qu'elle avait dû être jeune fille, avec ce visage fin, serré, tendu dans un espoir absurde.

Ce jeune homme — qui sous nos yeux confondait maintenant la noblesse de son âge et de la mort — l'aimait autant qu'elle l'aimait. Elle était persuadée, et voulait violemment me persuader, que celui-ci ne lui aurait pas fait défaut.

— Vous comprenez, les autres m'avaient trompée. Mon mari, j'avais cru au moment des fiançailles que je pouvais l'aimer. Et après, quand je savais que je ne l'aimais pas, parce qu'il était fade, je continuais à agir comme si je l'aimais vraiment — parce que j'avais si peur de m'avouer la vérité. Et Gilbert, jusqu'à ces derniers temps, j'ai bien cru l'avoir aimé : mais quand on est aimée autant qu'on aime, on s'aperçoit qu'on n'a pas pu aimer vraiment quelqu'un qui ne vous aimait pas... Oui, je jouais la comédie — j'avais tant envie d'aimer... Je jouais la comédie au fond, autant avec Gilbert que je croyais adorer qu'avec mon mari qu'à la fin je haïssais. Mais avec celui-ci, ah ! non, je n'ai pas joué la comédie. Depuis trois mois j'étais moi-même...

Et elle se rejetait sur le cadavre avec une reconnaissance furieuse.

— Celui-ci, ce n'était pas une image.

— Mais, Huguette, ma pauvre petite, murmurai-je au fond de moi-même, si, c'est une image.

Elle m'avait dit son nom et qu'il allait l'épouser ; ce nom me disait qu'il ne l'aurait pas épousée, qu'il l'aurait quittée bientôt. Pas le même monde, et un passé déjà sanglant de jeune égoïste.

Puisque ce n'était qu'une image, elle jouait la comédie autour de cette image. Encore, toujours la comédie. Assis dans un coin, à l'écart, je la regardais aller et venir, s'agenouiller, se relever, parler, se taire, tirer d'elle-même toute la force possible dans des paroxysmes de larmes, de cris, de regrets, de serments, et s'épuiser.

Elle s'épuisait. Comme elle marchait d'un coin de la pièce à l'autre depuis un quart d'heure, au petit jour, je l'arrêtai.

Elle vint s'asseoir sur mes genoux et s'endormit.

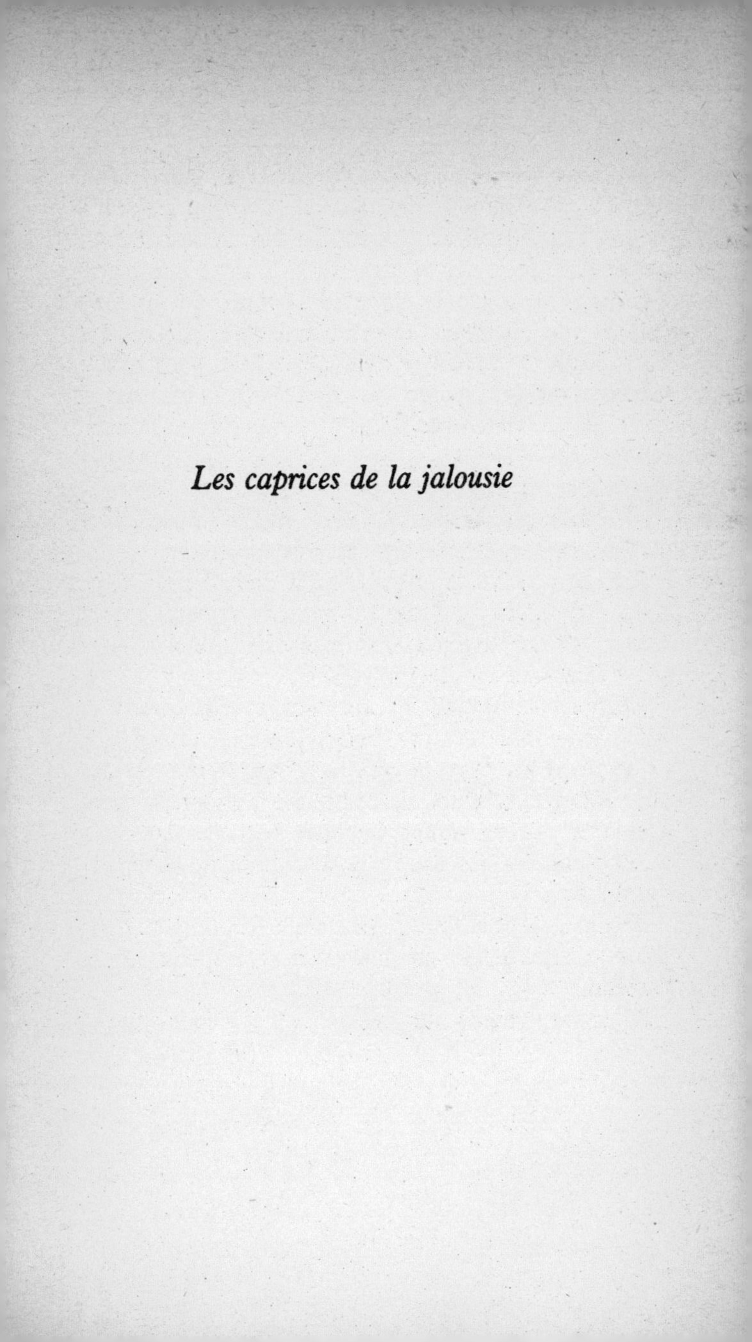

Les caprices de la jalousie

Je viens seulement de comprendre les véritables péripéties qui firent de Bertrand Baunier et de Marguerite Péniel d'abord deux amants, ensuite mari et femme, ensuite deux divorcés. D'ailleurs, les confidences de mon ami Gille m'ont découvert des ressorts que j'avais toujours soupçonnés, car le goût physique était une raison insuffisante pour que le volage Bertrand fût demeuré si longtemps auprès d'une femme ni très belle ni très jeune.

Je laisse la parole à mon ami Gille :

— Je voyageais seul en Espagne en 1929, quand à la sortie d'une course de taureaux à Grenade, je me trouvai nez à nez avec Marguerite. C'était dans une sorte de parc à autos, à l'écart de la foule ; assise seule dans une voiture, elle attendait quelqu'un. Elle parut fort contrariée de me voir. Deux ans plus tôt, j'avais été son amant quelques semaines. J'en avais gardé un souvenir pénible : un fâcheux malentendu avait rapproché seulement, pour les heurter, deux êtres qui auraient pu s'estimer et devenir de bons amis si l'ambition de l'amour n'était point passée entre eux. J'avais eu du regret surtout pour elle, car elle ne m'avait pas paru une femme faite pour les passades.

Notre aventure commencée dans des effusions amicales et bientôt finie dans l'échec sensuel, avait dû faire insulte à la gravité de son cœur.

Aussi je compris son sentiment de déplaisir à me revoir. Mais nous étions seuls l'un devant l'autre, nous étant séparés autrefois sans gestes ni mots fâcheux. Je lui dis donc bonjour. Toute troublée, elle me tendit une main dont elle me repoussait. Regardant avec anxiété par-dessus mon épaule du côté de la place où la foule espagnole s'écoulait dans une grande poussière chaude, elle répéta deux ou trois fois hâtivement :

— Je vous en prie, allez-vous-en.

J'allais lui obéir, devinant qu'un homme était proche, quand en effet cet autre surgit du côté où elle ne regardait pas, derrière une grosse voiture, comme pour nous surprendre.

C'était Bertrand Baunier. Je le connaissais bien de Paris, mais j'ignorais qu'il eût une liaison avec Marguerite, ce qui me parut aussitôt certain.

La figure de Bertrand se contracta prodigieusement à ma vue. Et je fus aussi étonné de l'excès de son expression que de cet autre excès qui avait dérangé et qui dérangeait encore le visage fin mais fatigué de Marguerite.

Cependant Bertrand se ressaisit aussitôt et s'avança vers moi avec une grande amabilité du corps et des mains. Mais sa voix fut si troublée que l'idée me vint qu'il y avait quelque drame présentement entre ces deux êtres et qu'un tiers, quel qu'il fût, se trouvait là fort mal à propos.

— Bonjour, mon cher, comme il y a longtemps que je ne vous ai vu. Il faut venir en Espagne...

Il se tourna brusquement vers Marguerite. Mais ce

fut d'une voix soudainement plus sûre, plus apaisée, qu'il lui dit :

— Je crois que vous vous connaissez ? Monsieur Gille X..., Madame Péniel.

Il y avait quelque chose de tranquillement conventionnel dans cette présentation qui m'empêcha de croire qu'il connaissait le malencontreux passé.

Je songeais à m'éloigner sur-le-champ, mais Bertrand, se retournant sur moi, parla et agit comme un homme sincèrement ravi d'en trouver un autre pour qui il a toujours eu une vive disposition de sympathie, ou encore comme un qui est las d'un trop long tête-à-tête avec une femme.

Bertrand exigea que nous dînions ensemble. Je ne sus pas dissimuler que j'étais seul et libre, tant était brusque son attaque. Je me serais peut-être mieux défendu si Marguerite n'avait semblé soudain oublier tout à fait son premier mouvement et prendre son parti de la situation avec l'esprit le plus libre.

Donc nous passâmes la soirée tous les trois, et même nous la prolongeâmes chez les gitanes. Bertrand fut d'une animation surprenante. Il n'était pas gai, mais il parlait de tout avec une mélancolie ardente qui convenait à cette chaude soirée de septembre. Il était presque tout le temps tourné vers moi avec une attention profonde, mais qui semblait n'avoir pas besoin de longs regards pour reprendre contact avec quelqu'un qu'il avait beaucoup connu.

Or, il ne m'avait pas beaucoup connu. Aussi, en dépit de ma première impression, je me demandai à deux ou trois reprises, si Marguerite ne lui avait pas fait des aveux. Mais celle-ci me montrait maintenant une amabilité à la fois si facile et si détachée, que cela me paraissait peu probable. Autant et plus que lui ne me regardait, elle regardait son amant, avec une douceur fidèle qui me persuada tout de suite de son amour.

J'en fus heureux pour elle, et me laissai aller d'autant mieux à cette belle nuit, à l'affreux charme des chants et des danses d'une race secrète que souille tout regard étranger.

Je me laissai si bien aller que le lendemain je quittai mon hôtel et allai m'installer chez mes nouveaux amis. Bertrand et Marguerite habitaient aux portes de Grenade une maison que leur avaient prêtée des amis espagnols et ils exigeaient que j'y passe trois ou quatre jours.

Si je cherche bien dans mes souvenirs, je dois dire que de très légers mouvements échappés de loin en loin à l'un ou à l'autre, une contraction du joli visage un peu égaré de Bertrand et aussitôt après un regard trop appuyé de Marguerite sur lui, avaient esquissé autour de moi les signes fugitifs d'un mystère qui, à la fin, m'attira vers eux sans que je pusse me le dire.

Nous vécûmes ensemble deux jours semblables à la première nuit ; nous causions beaucoup et nous nous délassions de trop parler en nous promenant et en regardant toute chose à travers nos rêves.

Le second soir, je me trouvai soudain dans le jardin et, pour la première fois, seul avec Bertrand. Depuis la course de taureaux, nous avions ébauché par-dessus la tête de Marguerite, ce qui arrive souvent entre les hommes, une sorte d'intimité. Nous parlâmes des femmes, comme il était inévitable entre deux hommes qui les aimaient fort et leur avaient consacré un temps pris sur le travail et l'orgueil, ce dont ils leur tenaient peut-être rancune, mais une rancune qui ne les attachait que davantage à elles. Notre intime conversation put d'autant mieux se résoudre en une longue confidence qu'une telle situation me porte toujours au regret et à la rêverie ; quand je suis ainsi entre un homme et une femme, qui me paraissent fortement unis, je fais un triste retour sur ma vie sentimentale irrémédiablement dispersée. Presque tout l'épanchement vint de moi. J'aperçois maintenant que Bertrand ne dit que ce qui était nécessaire pour me lancer.

Je me plaignais pour la centième fois de mon incapacité de préférer le connu à l'inconnu.

— Mais de quoi vous plaignez-vous ? s'écria-t-il soudain avec quelque amertume. Puisque vous me le laissez entendre, votre mouvement vers une femme est d'abord très violent, il est donc pénétrant ; il vous porte jusqu'au centre de son être. Pourquoi, alors, avez-vous l'air de croire que quelque chose vous échappe d'elle ? Une intelligence sensible et servie par la passion peut d'un seul coup atteindre au fond d'un être. Si nous n'admettons pas cela, il nous faut alors douter de tous les dons et de tous les talents. Si un amant bien doué ne peut pas deviner tout de sa maîtresse dès les premières étreintes corporelles et mentales, est-ce qu'un médecin peut à première vue transpercer un client, un politique ses adversaires, un artiste son modèle ? Allez, une femme qui vous aime a bientôt fait, en vous donnant tout, de vous apprendre tout sur elle. Si Don Juan courait le monde, c'est que ses conquêtes étaient rapides et lui faisaient bientôt épuiser les ressources de chaque place.

— Mais Don Juan n'a pas été aimé.

— Quoi ? me demanda-t-il en tressaillant, avec une

curiosité qui, soudain, avouait qu'elle allait à moi plus qu'à ce que je disais.

Pourtant j'étais emporté par mon plaisir et continuai :

— Non, il n'a pas été aimé. Je crois profondément qu'on est aimé dans la mesure exacte où l'on aime. Or, Don Juan ne prenant pas le temps d'aimer, ne laissait pas aux femmes le temps de l'aimer.

— Mais pourtant elles l'ont regretté et pleuré.

— Elles ont regretté et pleuré l'amour, non pas lui. Si bien qu'il était devenu aux yeux des femmes de son temps un mythe comme autrefois Adonis, bien avant qu'il le devînt pour la postérité.

Il me regardait avec un curieux mélange d'inquiétude et de satisfaction. Son silence sollicitait que je m'expliquasse davantage.

— Il y a deux degrés dans la connaissance : la connaissance intellectuelle et la connaissance amoureuse. Le fidèle peut reconnaître la nécessité de Dieu et ne pas l'aimer. L'amant peut percevoir avec la prompte finesse de ses sens les contours les plus minutieux de l'âme d'une femme et n'y point entrer.

— Alors vous croyez que le temps peut ajouter quelque chose à l'amour ? me demanda-t-il d'un ton narquois.

— Il n'y ajoute pas, il le fait.

— Alors ces miracles de rapidité auxquels font allusion ce mot profane : le génie, ce mot sacré : la grâce, vous en faites bon marché ?

Je me tus, une seconde.

— Non pas, repris-je, on peut aimer au premier clin d'œil et connaître amoureusement en une minute aussi bien qu'en dix ans, mais cela n'est possible que si l'on porte en soi la possibilité d'aimer dix ans la personne qui vient d'apparaître, dont seules des circonstances extérieures nous auront ensuite séparé.

Il avait baissé les paupières sur une pensée intense.

— Ainsi donc, conclut-il d'une voix basse et un peu solennelle, vous qui êtes de la secte de Juan, vous n'avez jamais aimé et vous n'avez jamais été aimé.

— Il est probable que non, accordai-je d'un ton soudain mécontent.

Nous nous levâmes pour rejoindre Marguerite dans la maison. Et nous ne parlâmes plus que de choses indifférentes, du bout des dents, divisés par nos réflexions.

Le lendemain matin, ce fut Marguerite qui s'arrangea pour être seule avec moi parmi les orangers.

— C'est drôle, rêvai-je, vous avez eu l'air fort mécontent de me rencontrer et puis, ensuite, vous avez tout fait pour me convaincre de venir ici.

Elle se tut un moment, puis murmura :

— Je veux toujours ce que veut Bertrand.

— Mais encore.

— Je savais que c'était fort dangereux de vous laisser venir ici, me dit-elle d'une voix soudain anxieuse et confidentielle, mais c'était peut-être encore plus dangereux que vous ne veniez pas après qu'il vous avait vu.

— Comment ? Dangereux ?

Mon incurable fatuité avait dû passer tout entière dans cette exclamation, car Marguerite me regarda des pieds à la tête avec un rire méprisant.

Mais une sorte de fatigue l'engageait à me parler.

— Vous pouvez vous vanter de jouer un fameux rôle dans notre histoire à Bertrand et à moi.

Son rire ayant rabattu ma superbe, je gardai la tête baissée.

— D'ailleurs, je vous dois une sorte de reconnaissance, ajouta-t-elle avec un sourire triste.

Je regardai cette femme qui avait été très jolie à force de finesse, en dépit de l'irrégularité de ses traits et de sa taille peu avantageuse. Telle qu'elle était maintenant, elle provoquait une pitié vive, si vive qu'on se demandait s'il ne s'y insinuait pas un désir sadique.

Elle parlait comme quelqu'un qui a longtemps gardé un secret et qui, lasse, l'abandonne soudain, parce qu'il est devenu inutile.

— Bertrand a été très jaloux de vous. Oh ! il a une nature terriblement jalouse, et si ce n'était pas vous, ç'aurait été un autre.

— Merci, je comprends.

— Il a été obsédé par vous.

— Tiens, c'est drôle. Il me connaissait pourtant. Moi, je n'ai jamais été jaloux que d'inconnus, je ne comprends pas qu'on soit jaloux de personnes connues. On voit trop bien qu'elles ne le méritent pas assez.

Après cette bourde, elle me regarda avec un nouveau mépris, en haussant les épaules.

— Il vous avait à peine aperçu deux ou trois fois. Il ne vous connaissait pas assez pour vous juger ; c'est justement...

Elle s'arrêta.

— Mais... pourquoi lui avez-vous raconté cette histoire ?

— D'abord, il aurait pu l'apprendre.

— Je ne suis pas très discret, mais vous savez bien que je voulais l'être avec vous.

— Bah ! on ne sait jamais. Mais ce n'est pas ça : c'est qu'on ne peut échapper aux jaloux. Il m'avait tellement suppliée de tout lui raconter de ma vie. Je lui ai tout raconté. Et, naturellement, il a trouvé moyen de me faire encore des reproches ; j'aurais dû lui dire encore plus tôt cette histoire.

Je hochai la tête, sachant comment les hommes torturent les femmes en appelant mensonge ce qui est pour elles secret, secret enterré, où jaillit la fleur du nouvel amour. Les femmes tuent le passé en le taisant, les hommes en le parlant.

— Aviez-vous d'autres histoires à raconter que la mienne ? demandai-je, imitant aussitôt et bassement Bertrand.

— Oui, pas beaucoup, mais c'est à la vôtre qu'il s'est attaché, uniquement, follement.

— Je comprends maintenant votre émoi à la sortie de la corrida.

— Oui, vous comprenez.

Elle baissait la tête, plongée dans des réflexions anxieuses. Je ne saisissais pas sur quoi portait son anxiété. Je lançai sur le ton du badinage :

— Eh bien ! il était jaloux de moi plutôt parce qu'il ne me connaissait pas que parce qu'il me connaissait. Maintenant qu'il me connaît, sa jalousie va se calmer. Je vais pouvoir partir : il est déjà guéri.

Elle releva la tête brusquement avec une grande angoisse dans les yeux.

— Vous croyez ? Ah ! n'est-ce pas, c'est cela ? Je suis perdue.

— Comment ? vous êtes perdue ?

J'allais dire : je ne comprends plus du tout. Mais j'entrevoyais vaguement une hypothèse ; je ne songeais pas à la formuler, j'attendais qu'elle le fît.

— Vous êtes mon porte-malheur, me dit-elle soudain avec plus de tristesse que de rancune.

— Comment ? Tout à l'heure, vous aviez l'air de dire que j'étais votre porte-bonheur.

— Je ne sais plus. Non, mon instinct avait raison. Cette rencontre devait être un désastre.

— Mais enfin, expliquez-vous.

Elle parla tout d'un trait.

— Eh bien ! voilà. Au fond, je me rends compte maintenant que je me suis servie de vous contre lui. Enfin, contre lui, vous comprenez ; je l'adore. Depuis le premier jour, j'ai une peur folle de le perdre. Je sais bien que je ne suis ni très jeune, ni très jolie. C'est un miracle que j'aie pu le garder si longtemps. Ce miracle se faisait sur vous.

Il était jaloux, sa jalousie me l'attachait. Il s'était persuadé, bien à tort, que je vous avais beaucoup aimé, que vous aviez été l'homme de ma vie, et qu'après vous je n'en pouvais plus aimer un autre...

Je la regardais, j'étais épouvanté des rôles imprévisibles et divers et sanglants qu'on joue ainsi de tous côtés dans tant de miroirs.

— Cela me donnait un énorme prestige à ses yeux, continuait Marguerite. Je n'ai pas compris cela tout de suite et au début, je protestai désespérément. Dieu merci, je ne l'avais pas convaincu. Un jour, j'ai compris que c'était ma grande force sur lui. Un jour où il était las de moi, où je pouvais tout craindre et où votre nom revenu sur le tapis le rejeta sur moi pour qu'il me fît une scène atroce et aussi me reprît avec un désir nouveau.

Depuis ce jour, j'ai songé à user de ma chance. Oh ! je ne l'ai pas fait d'une façon très consciente, je ne suis pas très lucide ni très habile. Et je l'aime trop. Et j'ai trop peur. C'est maintenant que je suis consciente ; maintenant, je vois que je me suis servie de vous comme j'ai pu. D'ailleurs, cela a peut-être réussi justement parce que je n'étais pas trop astucieuse. Et maintenant tout est par terre.

J'étais surpris, ému et aussi, hélas ! un peu flatté, bêtement flatté. Une sorte de trouble voluptueux entrait en moi.

— Mais non, tout n'est pas perdu, dis-je machinalement.

— Oh ! si.

— Mais comment ?

— Oh ! il voit bien que c'est lui que j'aime, que votre présence n'a rien remué en moi. Peut-être même devine-t-il que j'ai un peu joué la comédie. J'ai fait tout le contraire de ce que j'aurais dû faire depuis que vous êtes là.

— Vous auriez dû être coquette avec moi.

— Oui, voyez comme c'est bas et impossible. Et pourtant, il y va de mon bonheur. Mais on aime mieux se perdre ; on aime se perdre.

Nous restâmes un long moment silencieux.

La passion animait son visage et ses yeux. Elle me regardait sans me voir, mais ses regards se posaient sur moi, chargés de fièvre. Et son corps fatigué, soulevé par des nerfs tendus, retrouvait des lignes surprenantes qu'il avait dû montrer dans sa jeunesse, mais non, qu'il n'avait peut-être jamais montrées jusque-là, car elle n'avait sans doute jamais aimé ainsi.

Oui, il y avait en moi une sorte de trouble où il entrait certes de la pitié, mais derrière la pitié s'avançait à pas de loup quelque chose d'autre.

Elle se raccrochait aussi à moi, dans son désarroi. Elle croyait à la fatale déchéance de sa vie, mais pourtant quelque chose se défendait en elle sauvagement, prêt à tout.

Et puis, sait-on quelles mystérieuses contagions se répandent d'un être à l'autre. Et les jaloux n'ont-ils pas souvent le pouvoir qu'ils souhaitent d'avoir et ne suscitent-ils pas ce qu'ils craignent ? Ils désirent si éperdument le triomphe de l'adversaire dont ils attendent leur exquise souffrance. Est-ce que tout d'un coup Marguerite n'allait pas se rappeler tous ces charmes que pendant de longs moments Bertrand avait agités autour de ma figure lointaine ?

Et puis enfin nos deux corps étaient là, l'un près de l'autre. Et deux corps...

Le vertige me prenait, et il me semblait qu'il pouvait la prendre aussi. Après tout, ne jouait-elle pas un double jeu ? Et tout n'est-il pas incurablement double ?

D'une voix tremblante, j'avançais quelques mots. J'essayais de prendre un ton ironique, amer ; et, en effet, j'avais de la rancune.

— Tout n'est peut-être pas perdu... Peut-être qu'il est plus jaloux que jamais ou... qu'il va l'être... Évidemment, la coquetterie entre nous est impossible... Et pas plus que vous je ne serais capable, en dépit du bien que je vous souhaite...

Je m'arrêtai honteux, égaré.

Elle souriait d'une façon étrange. Tant de sentiments s'enlaçaient en elle, qu'elle paraissait lascive.

Jusqu'où aurions-nous été si Bertrand n'était pas arrivé brusquement près de nous, au détour d'une allée, avec sa manière espionne ?

Mais alors nous vîmes que tout était perdu pour Marguerite.

Elle et moi nous avions sursauté et offert une fort mauvaise contenance ; je m'attendais au soupçon de Bertrand et même qu'il éclatât sur-le-champ. Mais non, rien. Marguerite avait senti juste : il était guéri, et, guéri de sa jalousie, il l'était de son amour.

La conversation même que j'avais eue avec lui n'avait fait que parachever la décision de sa sensibilité dès notre rencontre dans le parc à autos. D'avoir connu l'inconnu l'avait guéri.

Après cela, vous devinez la fin de l'histoire. N'aimant plus sa maîtresse, il l'épousa.

Bientôt il en aima une autre et il divorça.

Défense de sortir

La première fusée quitta la Terre le 25 avril 1963. Ce bolide de métal, propulsé par l'énergie atomique, contenait huit personnes. Son but n'était pas la lune, négligeable îlot désertique, mais les autres planètes de notre système solaire ; elle filait droit sur Vénus, à quarante millions de kilomètres.

Dans les grandes villes des États-Unis d'Amérique, des États-Unis d'Europe, aussi bien que dans les grandes républiques d'Asie, sur toute la planète unifiée par ce départ, l'attente fut aiguë. Les grands chefs, en haut des gratte-ciel de commandement, les travailleurs qui faisaient leur saison dans les usines comme ceux qui s'occupaient à ce moment des exploitations agricoles, les individus les plus écartés qui skiaient dans les montagnes du pôle Sud ou qui dans des tanks exploitaient les forêts tropicales, tous se sentaient rapprochés et communiaient aux postes de la radio. Un même sentiment de curiosité confondait les contemplatifs et les actifs, ceux qui caressaient le passé et ceux qui choyaient l'avenir, les gais et les tristes, les réfractaires et les soumis, les vieillards et les enfants. Les femmes mêmes étaient entraînées dans cette grande convergence de spéculations.

Les uns s'inquiétaient et les autres espéraient. Que craignaient-ils ? Que souhaitaient-ils ?

Les animaux, les plantes, les minéraux, demeuraient attachés à la Terre comme auparavant. Quelques ermites ne sortirent pas non plus de leur subtil assoupissement enraciné aux pentes de l'Himalaya.

L'attente devait être longue : la fusée ne pouvait revenir avant quarante jours, et seulement dans le cas où elle n'aurait séjourné nulle part, où son équipage n'aurait pas trouvé les autres planètes habitables, ni habitées.

Par quel moyen pouvait-elle se relancer vers la Terre ? Ceci ne nous est pas dit.

La curiosité pour les découvertes qu'allaient faire les nouveaux Argonautes était à bon droit plus grande que la crainte des risques qu'ils bravaient ; car plusieurs années de circulation autour de la Terre avaient assoupli les fusées. On avait paré aux effets de la vitesse — douze kilomètres à la seconde — aussi bien sur la matière du véhicule que dans la chair de ses conducteurs. Le freinage avait pu être réglé au moyen de parachutes qu'animaient des réflexes presque vivants.

Pourtant ne renfermait-il pas quelque péril, cet inconnu qu'on allait éveiller ?

Les quarante jours passèrent. Le Trust Mondial de la Radio lançait trois fois par jour les comptes rendus de tous les observatoires : rien à signaler. Le retard commença. Cependant il pouvait être considéré pendant un assez long temps comme de bon augure, il signifiait que les explorateurs avaient trouvé de quoi les intéresser et les retenir. Mais, d'autre part, ils avaient promis de ne faire qu'une brève reconnaissance pour ne pas laisser l'humanité dans l'incertitude.

Les semaines passèrent, puis les mois : on douta, puis l'on désespéra. La plupart tinrent les disparus pour morts.

Rien pourtant ne pouvait assurer les esprits d'une telle fin. Certes, les manquants étaient peut-être retombés sur la Terre, dans un endroit désert, comme les découragés et les sceptiques l'assuraient ou ils avaient pu être détruits en plein éther ou écrasés lors de l'accostage. Mais peut-être aussi étaient-ils sains et saufs dans un lieu sûr.

Au reste, d'autres expéditions avaient été préparées dans le même temps que la première : leurs promoteurs pensaient tirer un meilleur usage de procédés de freinage différents de ceux qui venaient d'être employés. Une seconde équipe s'arracha donc bientôt à la Terre.

Son esprit était autre que celui de la première. Dans les yeux des premiers partants on avait lu une curiosité et un courage froids ; dans les yeux des seconds parut une lueur passionnée. Ce n'était plus l'effarante virginité du ciel qui les tentait, mais une trace où fumait une destinée.

Les nouveaux partants ne revinrent pas non plus. Il y eut un troisième et un quatrième essor.

Les foules de la planète s'y étaient intéressées de moins en moins. Elles étaient revenues à leur tran-tran. A cette époque elles s'amusaient des courses d'avions à voiles comme au temps des autos elles s'amusaient de chevaux. Du reste, depuis quelques années, toutes sortes de réminiscences et d'archaïsmes venaient pimenter les plaisirs populaires.

Toutefois, certaines imaginations s'étaient attachées au mystère de ces aventures sans fin démontrées qui n'étaient peut-être qu'absences. Qu'étaient vraiment devenues ces quelques douzaines d'humains ? Dans certains groupes de spéculateurs intellectuels et d'amateurs d'aventures qui gravitaient depuis quelque temps autour de l'astronautique, une légende prit corps. De même qu'autrefois en Palestine, des hommes s'étaient persuadés que celui qu'ils avaient vu mourir, ils l'avaient vu aussi ressusciter ; de même que dans l'Inde d'autres avaient raconté que sous leurs yeux le Bouddha s'était enfoncé d'un pas libre dans son rien, en 1964 il y en eut qui commencèrent çà et là à songer que ceux qui ne revenaient pas avaient choisi de ne pas revenir. Ils se disaient entre eux : « Ils ont trouvé un monde différent de celui où nous étouffons, où nous mourons d'ennui. Ils ont oublié, dans leur ravissement. Partons pour oublier à notre tour. Nous n'avons rien à perdre. »

Plusieurs s'exaltèrent ; ils voulurent préparer de nouvelles équipées. Mais les grands Trusts de Production ne voulaient fournir ni les matériaux ni les travailleurs pour une entreprise qui semblait n'aboutir qu'à des pertes inutiles. Alors une association secrète se forma à Chicago, entre des rêveurs perdus d'idées excentriques et des bandits habitués à braver la société et à lui arracher toutes choses qu'ils désiraient. Des attaques à main armée dans certaines usines et laboratoires permirent la capture des ouvriers et des ingénieurs nécessaires qui furent obligés d'installer un chantier dans une région écartée et d'y fabriquer une fusée. Quand elle fut prête, les conjurés tirèrent au sort les noms de ceux qui les premiers joueraient leur chance d'évasion.

La fusée partit. Les membres de la société *Ailleurs* qui demeuraient à terre répandirent un manifeste, par le moyen d'émissions illégales en dehors du Trust Mondial de la Radio.

« Ceux que vous avez envoyés hors de la Terre ne sont pas revenus. Savez-vous pourquoi ? La question n'est pas tranchée. Nous la tranchons pour notre propre compte. On vit ou l'on meurt mieux *Ailleurs*. »

Ces paroles surprirent et troublèrent beaucoup de consciences : il parut que le mystère pouvait être encore la nourriture des humains, lui qui suscite en même temps des doutes et des espérances, des mépris et des exaltations. La fusée *Ailleurs* était partie; l'hypothèse était rendue vivante par l'acte de ces nouveaux Colombs. Le ciel fermé depuis longtemps aux croyances paradisiaques s'ouvrait de nouveau et s'illustrait de mirages imprévus. Quel soulagement !

Il faut réfléchir que depuis plusieurs années, les fusées faisaient le tour de la Terre en trois heures : un si étroit circuit n'amusait même plus les enfants. Une route s'ouvrait au bout de laquelle on pouvait voir, si l'on voulait, la fin de ce qui avait été autrefois la misère et qui n'était plus que l'ennui terrestre.

L'humanité, à la suite des guerres et des révolutions des années 1940, avait réglé les questions politiques et économiques en instituant de grandes fédérations continentales, mi-soviétiques mi-fascistes. L'ordre mis dans la production et l'abondance des machines avait réduit le travail à quelques heures par semaine auquel n'étaient soumises que les personnes de vingt-cinq à quarante-cinq ans. L'hygiène et l'eugénique avaient permis de prolonger la moyenne de la vie jusqu'à cent ans. Par ailleurs, le malthusianisme et les drogues foudroyantes avaient limité la population du globe à six cents millions d'êtres habitant au large dans les zones tempérées.

L'élite de cette population aisée avait vu les arts, les littératures, les philosophies remplacés par l'histoire ; puis elle avait laissé de côté l'histoire même comme un amusement fastidieux. Elle se contentait d'une science instantanée, concentrée en formules brèves et mouvantes. Les chemins lents, subtils et merveilleux à la recherche de jadis avaient été quittés : on vivait dans l'intuition, dans une vision faite de fulgurances. Aussi l'esprit qui n'articulait plus se reposait sur lui-même et menaçait de retomber dans une torpeur mystique. La raison en était peut-être, comme le prétendaient certains savants, que la planète se refroidissait. En tout cas, les esprits inquiets ou vigilants pouvaient proposer qu'on en finît avec cette planète épuisée. A d'autres. Ailleurs.

Une agitation se répandit. D'autres sociétés *Ailleurs* se formèrent qui proclamaient le droit à l'émigration et réclamaient des fusées.

Les gouvernements s'inquiétèrent. Les dictateurs d'Amérique, d'Asie et d'Europe se concertèrent sur les mesures de répression qui s'imposaient.

Ils multiplièrent ces séances idéales du Comité Planétaire où sans bouger de leurs cabinets respectifs grâce à la téléphonie sans fil et à la télévision, ils se parlaient les yeux dans les yeux, sous le regard de tous les citoyens.

Mais un événement se produisit. Une espèce de gros aérolithe tomba dans le désert de Gobi. Furent témoins de cette chute des pèlerins ou archéologues mongols qui se rendaient en d'antiques avions à Lhassa et volaient assez bas, pour ne pas perdre la piste du désert. Ils radièrent aussitôt que cette boule informe de métal pouvait être le reste d'une fusée recuite par la vitesse. Les experts, les passionnés et les curieux se ruèrent des quatre coins de la planète vers cette preuve possible. Il y eut bientôt un énorme rassemblement au milieu de sables qui n'avaient guère été foulés depuis Gengis Khan. La police de la Société des Nations, aussitôt accourue, établit des barrages.

Déjà l'on improvisait une ville avec du travail et des plaisirs, quand l'ordre vint de transporter l'aérolithe dans les laboratoires de Shangaï où les chimistes chinois, les plus délicats du monde, devaient examiner l'objet.

Après quelque temps, ils publièrent leur rapport. « Dans l'état actuel des recherches, il semble que les éléments isolés par l'analyse électrique soient les mêmes que ceux qui entrent dans la fabrication des fusées disparues... »

Mais le rapport se continuait par des remarques divergentes. On apprit bientôt que les compétences n'étaient pas du même avis. Les uns étaient sûrs qu'il ne s'agissait que d'un aérolithe, les autres juraient leurs grandes dieux que c'était une fusée. Les passions aussitôt s'aimantèrent.

Les rares sceptiques ne furent pas suivis dans leurs chemins inutiles. On disputa d'un pôle à l'autre ; les radios ne retentissaient plus que de conférences contradictoires.

Mais l'espoir tira à lui le doute. Au premier moment, les zélateurs d'*Ailleurs* avaient baissé le nez. En effet, si cette chose énigmatique était le résidu d'une fusée, on était incliné à admettre qu'*Ailleurs* n'était nulle part et que comme celui-ci les autres projectiles avaient été consumés, peu après leur départ, par leur propre violence. Mais les gouvernements furent maladroits et donnèrent des aliments à la méfiance. Le Trust de la Radio transmit en trop grand nombre des démonstrations exultantes. On caressait avec trop de complaisance ce métal, enfant prodigue qui rentrait au sein de la terre. « Rien que la Terre, rien que la Terre », serinaient tous les postes émetteurs.

Les protestations commencèrent à se faire jour. Les membres de la Société *Ailleurs* décidèrent de défendre leur foi avec constance, sans hésitations ni scrupules. Tout ce qui la menaçait devait être traité comme hostile et mensonger.

Ils semèrent l'accusation que les pèlerins et les chimistes avaient été payés par la Société des Nations pour baptiser fusée un vulgaire météore. La rumeur fit son chemin. On remarqua soudain que l'objet avait disparu. Où le cachait-on ? On demanda à le voir.

Les sociétés *Ailleurs* d'Amérique lancèrent une pétition planétaire. Le dictateur de Washington crut couper court à ce nouveau trouble, et fit exposer l'objet dans cinq ou six grands centres.

On défila pendant des journées devant ce conglomérat sans forme, sans couleur. Mais ces exhibitions durent bientôt être interdites ; elles donnaient lieu à des batailles. Les sectateurs d'*Ailleurs* venaient insulter à l'œuvre des chimistes chinois. Mais pour d'autres l'objet en litige avait pris aussitôt l'aspect émouvant d'un fétiche.

Une passion s'y alluma, elle prit un nom, elle s'appelait *Ici-bas*. Ce caillou représentait la puissance d'attraction de la Terre, l'attachement à la planète natale que nul ne pouvait enfreindre sans s'égarer dans les déserts du ciel et les impossibilités mentales. La Terre eut — comme jadis — ses adorateurs qui la représentaient comme une énorme idole d'argile portant au cou cette amulette révélatrice. Ils formèrent bientôt une sorte d'Église qui reçut les fonds secrets de la Société des Nations.

Les adhérents d'*Ailleurs* devinèrent ces tractations où ils virent une preuve dont du reste ils n'avaient pas besoin : leur fureur grandit. Dès lors, ils dénoncèrent ouvertement le caractère policier et obscurantiste de toute l'affaire de l'aérolithe ; ils le stigmatisèrent comme un faux ; ils menèrent une campagne acharnée pour la révision de l'analyse chimique.

La passion d'*Ailleurs* et la passion d'*Ici-bas*, on les vit alors s'enrouler en spirales autour de deux pôles contraires.

Vers 1970 la secte *Ailleurs* était solidement organisée. Un congrès avait voté un credo, des rites et un calendrier qui datait du 25 avril 1963. L'article principal du programme était le refus d'admettre plus longtemps la Terre comme l'habitacle naturel et obligatoire de l'Humanité. Dans les articles suivants, on ne reculait pas devant les conséquences de ce principe et on en venait à admettre que l'Humanité en émigrant dans d'autres planètes pouvait cesser d'être humaine, se transformer du tout au tout, aussi bien dans l'ordre physique que dans l'ordre psychique et jeter au vent des mondes les catégories d'un entendement qui ne valaient que sous la calotte étouffante de l'atmosphère terrestre.

Chaque jour, une heure de méditation était recommandée sur les insuffisances de ce monde et les avantages à conquérir dans les autres. Chaque semaine, on se réunissait pour communier en pensée avec les premiers apôtres de l'*Au-delà*, ces pervers et ces bandits de Chicago qui étaient devenus des héros et des saints. Il y eut enfin de grands pèlerinages au lieu de leur départ qui fut dénommé Plage de la Délivrance. Il y avait aussi des interdictions, des tabous. Les partisans s'engageaient à ne plus user des avions et des fusées circumterrestres que pour le seul usage de leurs affaires et non plus pour leur plaisir du dimanche ou des vacances.

Ces excès appelaient de grandes réactions.

Elles vinrent à la fois des gouvernements et des vieilles religions qui se rencontrèrent dans l'approbation que les uns et les autres prodiguaient au culte d'*Ici-bas*.

Les vieilles religions n'étaient pas mortes mais

s'étaient métamorphosées depuis le commencement du siècle. Si l'élite ne se souciait plus guère d'histoire, les foules aimaient encore à s'en gaver comme d'un roman inépuisable. Le Christianisme, l'Islamisme, le Brahmanisme, le Bouddhisme étaient devenus des machines à remonter le temps qui développaient sans fin dans les cinémas du monde l'enchaînement des mythes et des images.

Il y eut donc au Vatican, puis à Lhassa, puis à La Mecque, de vastes congrès où se mêlèrent à la fois le Pape, le Dalaï-Lama, les muftis et les bonzes, les féticheurs et les hommes-médecine d'Océanie et d'Afrique, les Maçons et les Occultistes, les professeurs d'histoire des religions. Entraînées par les urgences de la polémique qui toujours par les chemins tournoyants de la logique incitent les esprits à de dangereuses migrations, si bien qu'à la fin ils se trouvent à un point opposé à celui d'où ils étaient partis, les grandes religions idéalistes en venaient à se rapprocher des sectes les plus idolâtres, pour avouer leurs origines profondément terrestres. Maintenant elles craignaient et anathématisaient le ciel ; et, par une furieuse récurrence de leurs passions, dans une confondante orgie d'aveux, elles reconnaissaient qu'elles n'avaient vécu que de la sève terrestre et qu'à travers les dieux elles n'avaient aimé que la Grande Mère la Terre qui les porte tous dans son giron.

De là l'inévitable rapprochement et conjonction avec les gouvernements dont le souci, encore plus direct que celui des religions, avait été jusque-là de tirer usage de la Terre, de concentrer sur cet usage toutes les énergies de l'Espèce. Que devenaient la Société et l'État, si leur fondement, qui était la croyance humaniste, la confiance dans une certaine permanence des désirs et des pouvoirs humains, était volatilisé dans l'éther? L'homme n'était et ne pouvait être que ce que l'avait fait la Terre; hors de la Terre il cessait d'être homme, il devenait une chose sans nom, un rien.

Une assemblée solennelle de toutes les religions, de toutes les philosophies, de toutes les sociologies, de toutes les disciplines humaines et terrestres fut convoquée à Sumatra. Là, dans un temple fait de monolithes de ciment, fut instauré le culte d'*Ici-bas*. Une statue faite de tous les métaux qui entrent dans la composition de notre globe fut dévoilée qui représentait l'Homme sur la Terre. Sur son socle était gravée cette parole : « Il n'est rien en dehors de l'humain. » Devant le temple se dressait un obélisque, un phallus gigantesque, symbole de l'union fatale de l'Homme avec sa Planète.

La fête se termina en orgie.

Les furieux répandaient leur semence dans les sillons.

La foi dans *Ailleurs* fut à jamais condamnée. Ses zélateurs furent voués à la mort.

Sur tous les champs d'aviation furent apposées de vastes affiches qui se reflétaient la nuit sur les cieux des villes :

DÉFENSE DE SORTIR

DU MÊME AUTEUR

Aux Éditions Gallimard

Romans

L'HOMME COUVERT DE FEMMES

BLÈCHE

UNE FEMME A SA FENÊTRE

LE FEU FOLLET

DRÔLE DE VOYAGE

BÉLOUKIA

RÊVEUSE BOURGEOISIE

GILLES

L'HOMME A CHEVAL

LES CHIENS DE PAILLE

MÉMOIRES DE DIRK RASPE

Nouvelles

PLAINTE CONTRE INCONNU

LA COMÉDIE DE CHARLEROI

HISTOIRES DÉPLAISANTES

Poésies

INTERROGATION

FOND DE CANTINE

Témoignages

ÉTAT CIVIL

RÉCIT SECRET *suivi de* JOURNAL (1944-1945) *et d'*EXORDE

FRAGMENT DE MÉMOIRES 1940-1941

Essais

LE JEUNE EUROPÉEN *suivi de* GENÈVE OU MOSCOU

L'EUROPE CONTRE LES PATRIES

SOCIALISME FASCISTE

AVEC DORIOT

NOTES POUR COMPRENDRE LE SIÈCLE

CHRONIQUE POLITIQUE (1934-1942)

SUR LES ÉCRIVAINS

Théâtre

CHARLOTTE CORDAY — LE CHEF

Chez d'autres éditeurs

LA SUITE DANS LES IDÉES (Au Sans Pareil)

MESURE DE LA FRANCE (Grasset)

NE PLUS ATTENDRE (Grasset)

Impression Bussière à Saint-Amand (Cher),
le 3 février 1987.
Dépôt légal : février 1987.
1er dépôt légal dans la collection : septembre 1986.
Numéro d'imprimeur : 356.
ISBN 2-07-037765-2./Imprimé en France.